BBC
DOCTOR WHO

Paradox Lost
悖论迷失

［英］乔治·曼恩 / 著
渠杰琪 / 译

新 星 出 版 社　NEW STAR PRESS

DOCTOR WHO: Paradox Lost by George Mann
Copyright © 2011 George Mann
First published as Doctor Who: Paradox Lost by BBC Books, an imprint of Ebury, Ebury Publishing is part of the Penguin Random House group of companies. Doctor Who is a BBC Wales production for BBC One. Executive producers, Steven Moffat and Brian Minchin. BBC, DOCTOR WHO and TARDIS (word marks, logos and devices) are trademarks of the British Broadcast Corporation and are used under licence.
This edition arranged with Ebury Publishing
through Big Apple Agency, Inc., Labuan, Malaysia.
Paradox Lost Chinese edition copyright:
2020 Chengdu Eight Light Minutes Culture Communication Co., Ltd.
All rights reserved.
The Cover is produced by Woodlands Books Ltd.
著作权合同登记号：01-2020-0140

图书在版编目（CIP）数据

悖论迷失／（英）乔治·曼恩著；渠杰琪译.—北京：新星出版社，2020.9
（神秘博士）
ISBN 978-7-5133-4110-3

Ⅰ.①悖… Ⅱ.①乔… ②渠… Ⅲ.①幻想小说－英国－现代 Ⅳ.①I561.45

中国版本图书馆CIP数据核字(2020)第142381号

悖论迷失

[英] 乔治·曼恩 著；渠杰琪 译

责任编辑： 杨 猛
特约编辑： 胡怡萱 姚 雪
责任印制： 李珊珊
装帧设计： 付 莉 张广学

出版发行： 新星出版社
出 版 人： 马汝军
社　　址： 北京市西城区车公庄大街丙 3 号楼 100044
网　　址： www.newstarpress.com
电　　话： 010-88310888
传　　真： 010-65270449
法律顾问： 北京市岳成律师事务所

读者服务： 010-88310811　service@newstarpress.com
邮购地址： 北京市西城区车公庄大街丙 3 号楼 100044

印　　刷： 北京华联印刷有限公司
开　　本： 910mm×1230mm　1/32
印　　张： 6.5
字　　数： 120千字
版　　次： 2020年9月第一版　2020年9月第一次印刷
书　　号： ISBN 978-7-5133-4110-3
定　　价： 39.00元

版权专有，侵权必究。如有质量问题，请与印刷厂联系更换。

这本书是献给你的,儿子。

【1910年10月13日,伦敦】

他从未想过自己会变成一个小偷。

埃德加·米勒一边这样想着,一边用撬棍抵住窗台,开始撬窗户。他曾经希望自己能在有生之年做一些有意义的事情,实现人生价值。但是,生活从未给过他机会。这么多年来,他一直干着老实的营生,拼命工作,做着各种苦力活儿:打扫马厩、搬运东西等等,可是到头来,自己得到了什么呢?他被迫努力工作,任由他人坐享其成、饱食终日。到头来,他实在是受够了。所以,就在一个月前,他终于决定动手。要填饱肚子,简单的办法多得是。

随着木框断裂的脆响,窗子成功打开。米勒停下动作,侧耳倾听,判断是否有人听到动静。寂静无声的夜幕下,只有一只虎斑猫在花圃里来回游走,远处偶尔传来嘚嘚的马蹄声。他轻轻地将撬棍放在地上,推开窗户,但滑轨发出了巨大的声音以示抗议，米勒不由得龇牙咧嘴。

他从窗户钻进去，悄无声息地跳进厨房。银色月光从开着的窗户中斜斜洒下，在房间里投射出长长的身影。借着微光，米勒可以看到几件大家具的形状——桌子、碗柜、火炉，看上去都不像能找到贵重物品的地方。

他小心翼翼地走向门口，再次屏息倾听这座古宅深处的动静。他将手伸向门把，暗自一笑，这地方或许已经废弃许久了吧。要是走运，他可能用不了几分钟就能装满一口袋的廉价首饰，明天拿去玫瑰皇冠酒店销赃。

门后是一条狭长的走廊，里面摆满各种奢华的装饰品：镀金镜子、装着孔雀翎的高花瓶，电话桌上高调地摆放着最新款的电话机。米勒继续向前走，认定真正值钱的物件在其他地方。

他的想法很快得到证实——餐厅的陈设更为华丽，不一会儿，米勒已经将餐具柜中的银质餐具收进特意随身携带的布袋中。

突然，他听到楼上传来一阵响动，拿着银质烟灰缸的手蓦地停住。他的呼吸成了凝重的喘息。那是什么？是什么动物在叫吗？还是家里养着宠物？米勒想起刚刚在后院见过一只虎斑猫。没错，一定是那只猫。它可能顺着没关上的窗户和他一起溜了进来。没什么好担心的。他小心翼翼地继续着手上的活计。

不知道这家人到底在不在家。能住这样的房子，这里的女主人一定有一个十分讲究的珠宝盒，如果他能找到这家的宝库，起码好几个星期都不用再干这事了。米勒认为,这值得冒险一试。

他把装满餐具的布袋放在楼下,蹑手蹑脚地爬向卧室,每走一步,都会听到楼下门廊里那个老式落地大摆钟的响动,那声音听上去非常瘆人。每丝声响似乎都被放大了,回荡在这座寂静无声的大宅子里。他已经想好,一旦发现主卧里有人,就立刻原路返回,带走放在楼梯边的袋子。

每级台阶都会在他的踩踏下发出咯吱咯吱的响声。他不得不踮着脚走路,后背紧紧贴着墙。他的呼吸变得短促粗哑,额前的汗珠让他一阵刺痛。到目前为止,他还只是稍稍私闯了一下民宅;但现在,他真的是在冒险了。万一有什么差错,万一被发现了……他可能会蹲监狱,或者比这更糟。有那么一瞬间,他想就这么回去,那些银质餐具已经绰绰有余了,不是吗?他感到了危险,可不知什么东西一直在驱使他不断向前走。或许是潜在的珍宝,或许是血管中肾上腺素的刺激,他自己也不清楚。

米勒路过客房门前时,停下来朝里面看了一眼。黑暗中,他什么都看不清,但床铺似乎是理好的。他盘算着要不要进去翻抽屉,但最后决定直接去主卧,其他多余的行动都是不必要的拖延。

再往前走,主卧房门微微打开。米勒在门口徘徊许久,想要鼓起勇气。他下定决心:走进去看一下,然后回到楼梯平台上决定下一步行动。如果没什么危险,他找到珠宝盒后就立刻逃走。

米勒小心翼翼,尽量不发出一丝声响,悄悄潜入卧室。卧室的窗帘拉着，月光完全照不进来，他过了一会儿才彻底适应里面的黑暗——不过，眼前的景象让他立刻希望自己什么都没看到。

床上并排躺着两个人——可能是一对夫妻，米勒猜想——眼睛直勾勾地瞪着天花板。他们脸上的表情定格为极度的惊恐，暗色的血液从无神的眼睛中淌出，浸湿了枕头。这是米勒见过的最恐怖的场景。他的整个胸腔都因为恐惧紧绷起来。但是，那两具尸体上隐约还爬着另一个生物，这让他吓得差点直接跪倒在地。

那玩意儿仿佛来自梦魇，就像从地狱深处爬出来的生物。它呈人形，靠后肢站立，瘦骨嶙峋，十分怪异，仿佛灰色的黯淡皮肤直接紧紧包着骨头。它的手臂下方垂着一层肉质薄膜。它面目丑陋，鼻孔朝天，嘴里长着闪光的尖牙，身体表面光滑无毛，眼睛在黑暗中闪着红光。

它转过身，露出獠牙，枯瘦的手指向米勒伸来。那生物沿着床边向他走来时，米勒直直地傻站着，完全给吓呆了。它的爪尖不怀好意地微微抽动，它越走越近，米勒听到刺耳的呼吸声和爪子划过地板的摩擦声。他想，发生在床上血泊中那两人身上的事，就要在自己身上重演了。

米勒回过神来，他得尽快逃离这里。他紧盯着那个生物，一步步后退，忽然撞到了身后的什么东西，他惊恐地叫出声，生怕阴影中再钻出一只那玩意儿来抓他。不过那只是留着一条缝的门。

米勒定了定神，飞快地转过身，逃了出去。

不明生物发出一声可怕的尖叫——这刺耳恐怖的尖叫声似乎在米勒的每一块骨骼中回响。他逃向楼梯，快速下楼，进来时的小心翼翼早已荡然无存。他跌跌撞撞地逃下楼，一步三阶，到了走廊才敢回头瞥一眼——那生物紧随身后。

接着，他被自己先前丢在走廊上的袋子绊了一下，几把刀叉蹦出来，掉在地砖上。米勒看了一眼地面，权衡着捡起袋子会不会减慢自己逃生的速度。没时间考虑了。他快速弯腰拾起袋子甩在肩上，转身沿走廊向厨房冲去，希望在身后那玩意儿逮到自己之前越窗逃走。

他撞开半掩的门，钻进厨房，甩了一下布袋，准备将它掷出窗户。他突然注意到，碗柜旁边竟然还有三只那种生物，它们躲在阴影里，静候猎物自投罗网。一切都来不及了。

米勒尖叫着想要逃走，但是楼上那只生物已经追了上来。瘦骨嶙峋的爪子一把抓住他，紧紧攥着，指甲嵌进他的肉里。米勒被推回另外那三只身边，跪倒在它们面前，呜咽着。"你、你们到底是什么？"他艰难地挤出几个字。

"我们，是，蜂暴。"每只生物轮流挤出一个词，回答道，"我们，即将，享用，盛宴。"

它们扑向米勒，后者再次发出惨叫。然后，鲜红的血液从他的眼眶中汩汩冒出。

1

【2789年6月10日，伦敦】

"抓紧啊！"

"我已经抓紧了！"

"那……抓得更紧些！"博士喊道。他紧紧扣着塔迪斯的控制台，用力拍打控制按钮。在罗瑞看来，他只是在乱敲。

"博士……"艾米警告道。

"呃……我觉得你可能应该告诉她，现在是什么情况，博士。"罗瑞竭力调解，并且希望自己听起来没有惊慌失措，"说到这里，我自己也希望知道当前的情况。"他抓紧栏杆，似乎命悬于此，而整艘飞船都在剧烈地晃动，"比如，我们是在坠向死亡，还是前往兰巴利安星团的路途一向如此颠簸？"

博士从控制台上抬起头，拨开眼前散落下来的头发。罗瑞注意到，不知道什么时候，博士已经脱掉了粗花呢外套，卷起袖子，连领结都有点歪。看来，情况不容乐观。

博士正好撞上罗瑞紧盯自己的目光,立刻露出一个可爱的笑容。等他再次开口时,语调却沉着审慎:"好吧,我……我觉得,我们可能会……坠毁。从一定程度上讲是这样的。"说完,他又转向控制台,好像这就完事了。

"什么叫'一定程度上'的坠毁?"艾米问。罗瑞听得出来,她声音里的愤怒差不多是装的,她其实对这趟旅程乐在其中。至于罗瑞自己,已经非常想吐了,他可不希望坠毁,也别提什么"一定程度上"。

"好吧,也不算'坠毁',只是要冲破重重路障而已。你可以理解为我们遇到了比较严重的气流颠簸。"博士说着,塔迪斯突然一震,他向后一摔,一条腿甩到空中,身体紧靠控制台,勉强保持住平衡,"老姑娘好像等不及要带我们去某个地方,不停地从一条轨道跳到另一条轨道上,就像旧唱片凹槽中的跳针一样。"

艾米茫然地看着博士。

"嗯,现在我觉得自己确实是老了。"他说。

"可为什么呢?"罗瑞问。他脚下一滑,险些绊倒,便用双手死死攥住栏杆,手上的每个关节都绷紧了。

"为什么我觉得自己老了?"博士满脸诧异,"罗瑞,这很简单,真的……"

"为什么塔迪斯要迫不及待地带我们去某个地方?"博士还

没说完,艾米就打断他,对罗瑞翻了个白眼。

博士笑了,"我也不知道。"他探身向前,温柔地拍拍控制台,抬头看了一眼时间转子,"但抄近路不是你的作风,对吗?"

罗瑞过了一会儿才意识到,博士是在和飞船讲话。塔迪斯又震了一下,像在回应他的话,然后便稳定下来。罗瑞看着博士和艾米,他俩站得离控制台远了一点,相视而笑。他有时候觉得,和这两人出来旅行,就像在陪伴两个容易激动的小孩儿。

他试探着松开栏杆,害怕飞船会突然再次颠簸起来,让他跌向中心平台的边缘。但塔迪斯没一会儿就发出了熟悉的轰鸣,随着一声巨响,终于落地。

"我们到了!"博士如是宣布。他绕着控制台跑前跑后,按下开关,调节仪表盘,后退几步,手中握着中心轴柱支架上挂着的显示器,把它四下摇晃,查看上面显示的信息。

"到哪儿了?"艾米问。说着,她凑近博士,不想错过任何信息。她穿着红色连帽衫、黑色短裙、紧身袜以及小腿高的黑色靴子。她靠着博士的肩膀,而罗瑞直直地看着她,他还是不太敢相信——她已经是自己的妻子。他就这么不顾一切地娶了她,让自己成了世界上最幸福的男人。罗瑞走近控制台,加入他们。

"只有一件事是肯定的,这里不是兰巴利安星团。"博士用手将了将头发,"老姑娘,你把我们带到哪里了?"他小声嘟囔，脸色突然严肃起来。"为什么是这儿呢？"博士用指尖敲着额头，沉思片刻，转身拍了拍罗瑞的肩膀，"我猜，要弄明白，只有一个办法！"他愉快地宣布，随即跳下中心台，奔向门口。

罗瑞看着博士猛地推开那两扇门，明媚的阳光旋即从外面涌入，博士已消失在那道阳光里。他转头看向艾米，后者露出淘气的笑容。"我们要跟上他吗？"罗瑞问道。

"当然啦！"艾米回答，"我们可不能让他独占所有乐趣。"她拉着罗瑞的手，下了台阶跑向门口。博士背靠门框，等着他们，在阳光下成了一道剪影。

"快跟上，庞德。我们还有不少地方要去，还有不少美景要看呢。"博士调整好领结，让自己看上去更精神一些。罗瑞惊讶地看着博士，不知什么时候对方又穿上了外套。"还有你，罗瑞，快，不要再浪费时间啦。你一定想见识一下这个的。"

"见识什么？"他边说边跟着两人走到街上，伸手挡住阳光，眺望四周远景，"哦，那个。"

他们正站在一条大河的河堤上，眼前是充满未来感的城市景观，和罗瑞年少时在科幻小说和漫画里看到的画面一样。由金属和玻璃建造的高塔拔地而起，闪闪发光，歪歪扭扭地伸向天空。河岸边坐落着大型建筑群，由一种类似粉珊瑚的物质建造——甚至可能是生长而成。几个巨大的玻璃穹顶罩着树林和种植园之类的绿地，在延展开去的城市间零星散布，在喧嚣中为野生动物提供小小的栖息天堂,周遭点缀着枝繁叶茂的树木和藤蔓。

抬头看去,空中处处是纵横交错的航迹云,眼前的河道则熙熙攘攘,奇特的小船和浮台不断发出轰鸣。然而,就在这片光鲜亮丽的现代景象中,罗瑞看到暗处隐约藏有几栋外观古旧的建筑,即使在他所处的时代,那些旧式砖建筑和教堂都很有年头了。

"这是什么地方?"罗瑞端详着眼前的景象。

艾米握着他的手又紧了紧,她兴奋地问:"这是别的外星星球吗?"

博士摇摇头说:"不,这就是地球,更准确地讲,我们在伦敦。此外……"他嗅嗅空气,舔一下手指,伸到空中感受微风,"从这里的景象和气味来看,我敢说,我们在二十八世纪。"

"伦敦?真的吗?一切看上去都如此……不同了。"罗瑞难以置信地说。

博士大笑,"我难道经常说错吗,罗瑞?"对方耸耸肩。"嗯,你也不总是对的……"他暗自心想,但没有说出来。

"看,那是议会大厦。"博士指着河对岸那座非常古老——但依然宏伟——的建筑说。大本钟也还在原地,骄傲地矗立于周围的尖塔林中,尽管在这些崭新的未来主义尖塔面前,大本钟显得矮了不少,几乎被埋没了。"那里是威斯敏斯特桥,如果我没说错的话。"博士沿着河流指向稍远一点的地方,"人们努力保留了绝大部分,至少还能再保留几十年吧。"

"那几十年后会发生什么呢？"

博士蹙额，"这是个好问题，罗瑞。但更重要的是，为什么塔迪斯会迫切地带我们来这里，降落在这个时间、这个地点呢？"

罗瑞觉得博士在刻意回避刚刚的问题，但不管怎样，他说得对。三人突然陷入沉默，博士似乎在思考那个关于塔迪斯的问题。他来回踱步，手指不停地敲自己的太阳穴。

"那边怎么了？"艾米问。她终于松开罗瑞的手，走到将河岸和街道隔开的栏杆旁，身体前倾，指着岸边聚集的一小群人。岸边至少有五个男人和一个女人，不少潜水员背着呼吸器在水中上上下下，想要用一个大托板抬出什么东西。他们作业的地方旁边已经搭起大型脚手架，顶部盖着的防水布频频摆动。

博士从上衣里面掏出一副小型双筒望远镜架在眼前。罗瑞已经不止一次产生这个疑问了——博士把这些东西都藏在哪儿的啊？他又怎么知道要随身带什么东西呢？也没看见博士出门前突然翻箱倒柜找某个设备啊。但，不知怎的，他似乎总为应对一切可能发生的事件做好了万全的准备。"我也不知道，但好像很有趣。在我看来，可能是某种考古挖掘。"博士说着，将望远镜揣回口袋。

"那我们去看看吧。"艾米说完，向挖掘现场走去，"博士，你喜欢博物馆，不是吗？你马上就有机会看点新东西了。"

"旧东西,你应该说旧东西。"罗瑞纠正道。

艾米没搭理他。她向前走了几步,回头看看他们是否跟上。博士捕捉到了她的眼神,"庞德,你又露出这种眼神了。"

"什么眼神?"她回以一个甜甜的假笑,装作完全没听懂博士在说什么。

"那种你又在预谋恶作剧的眼神。"博士对罗瑞咧嘴笑了笑,又转向艾米,"很好,我喜欢恶作剧。那正是我们需要的。好啦。"博士信心百倍地拍拍手,一把揽住罗瑞和艾米的肩膀,"我们去看看他们在河里找到了什么吧。"

三人沿河岸向那群考古学家走去。"看起来好像别有一番趣味!"博士高声说着,声音中的兴奋漫溢出来。托板前有几个人围在一起大声争吵,挡住了罗瑞的视线,让他看不清这些人到底从河里捞出了什么。其他人则在河里游来游去,或者在工作棚进进出出。

罗瑞还在上面的时候就注意到了其中一位女士,她听到博士的感叹,回头看着他们,走了过来。显然,她是这里的负责人:她一直举着一台看上去很精密的电脑设备,而且,只有她穿着一身干练的蓝色西装,其他人的衣着都很随意。罗瑞觉得,她的年纪大概在四十五岁以上,整个人样貌标致,还精心打理过发型。

"有什么需要帮忙的吗?"她问博士,语气中有一丝不必要的严肃。博士挑挑眉,掏出通灵纸片,迅速在她眼前晃了晃。

"但愿吧,我们是来视察的。"博士说。

女士眯起眼睛,"视察?"

博士点头,"对,没错。新的程序,没什么好担心的。我们就来看看现场,确保一切正常。"他想绕过去,看看里面发生了什么,但这位女士还是挡着他的路,"一切正常,对吗?"

"是的,当然正常。"她说,"发掘出的物品都经过登记放在了那边的帐篷里。我实在想不通为什么市资源保护局会对这事如此上心。"

"市资源保护局……好吧,没错。"博士打了个响指,"我们热爱资源保护。嗯……那边那个托板上是什么?"

"没什么,只不过是一堆刚刚废弃的仪器,已经生锈了。"她耸耸肩,"你要去研究那个的话,真的是浪费时间。"

"话虽如此,我们还是想去看一下。"

"如果你觉得有必要的话,行吧。"女士站到一边,让博士通过。

"顺便一说,我是艾米,"艾米走上前伸出手,"这位是罗瑞,那位是博士。"

"嗯。"女士握了握艾米的手,"帕特里夏·扬。"

"扬女士,请问河里捞出了什么?"艾米的语气很有礼貌,似乎是在为博士的无礼致歉。他们这是直接开始了"一个扮黑脸，一个扮红脸"的套路吗？罗瑞心想。艾米继续问道："我们看到你们用一个托板把它抬了出来。"

罗瑞一边听着二人对话，一边越过博士肩头看去，后者挤到人群前，正弯着腰，仔细察看人们捞上来的东西。

"一个人工智能，"帕特里夏说，"是新型号，几个月前刚刚投入市场的'仿人类'产品中的一种。它整个都生锈了，有的零部件也丢了。显然是人傻钱多的家伙干的。"

"为什么这么说呢？"艾米问。

帕特里夏瞥了她一眼，"因为这种装置绝对价格不菲，至少超出了我的购买力。而有人就这样把它扔进了泰晤士河里。"她说着摇了摇头。

"人类还真是本性难移。"罗瑞叹了口气，然后转身，来回审视这条街，隐约觉得有人在监视自己，但是他一个人都没看到，便重新转向艾米和帕特里夏。

艾米疑惑地看了他一眼，他耸耸肩，觉得自己可能出现了幻觉。他想，一定是最近和博士一起待得太久，有点杯弓蛇影了。

"艾米？罗瑞？说说你们的看法吧。"河道中拖船的轰鸣声中传来博士的声音。那一小群考古学家四散开来，走向岸上的帐篷。罗瑞估计，那些人认为那里的东西更有趣一些。

罗瑞走到博士旁边，意识到艾米就跟在身后。

博士蹲在人们小心放在岸边的托板旁，那托板其实就是在塑料担架上罩了一层蓝色防水布。在这个临时搭成的简易台子上，那东西看上去像一具年代久远的人类遗体，像从泥沼中捞出来的木乃伊。罗瑞小时候在大英博物馆见过一个，那幅图像深深地印在他的脑海里——扭曲变形的脸、蜡质黏土般皱巴巴的身体。

那东西少了一条胳膊，左腿膝盖以下的部分也消失了。罗瑞凑近一点时看到，它的身体——由一组金属板包裹着的钢制骨架——已经锈迹斑斑。几绺橡胶制的表皮还牢牢地粘在腹部，胸部的表皮都开裂成了一块块的。生锈的关节板之间，一束束电线裸露在外。脸部表情凝结在龇牙咧嘴的咆哮模样，下巴上的皮均已脱落，露出珐琅质的牙齿。

博士的手在它身上来回摸索，脸上则露出着迷的表情。他将手伸进口袋，取出音速起子，挥了一挥，音速起子上的四支伸缩臂花瓣般弹开。博士躬身用它对着人工智能的头部一挥，起子响起熟悉的嗡嗡声。博士随即站直身体，原地转了个圈，面向帕特里夏。

"你刚才说这种人工智能设备投入市场多久了？"

帕特里夏耸耸肩，说："两三个月吧。"

"这就奇怪了，奇了怪了。"博士用音速起子轻轻叩着下巴。他转而看向艾米说："因为，这个人工智能已经在水里泡了好几个世纪了。"

帕特里夏差点笑出声。"那是不可能的，"她边说边大步向前走去,"绝对不可能!"

博士咧嘴一笑。"没错!"他转过身,显然,他现在来劲儿了,"那你看嘛!它由塑料黏合钛合金制成。最先进的工艺!不可能短短几个月就腐蚀成这样。它一定已经在水里待了很久。不仅如此,你们把它从水里捞起来时,不知怎的还重新激活了它,它的胸部还有一些残余的能量。"博士在托板旁跪下身,再次打开音速起子。"如果我能……"他全神贯注,眉头紧锁,"好了!"

人工智能的一只眼睛突然眨了一下,罗瑞不由得后退几步。

"啊,你踩到我了!"艾米突然大叫一声,打了下他的胳膊。

"对不起,对不起。"罗瑞不安地道歉,赶紧把脚挪开。他眼前的一切都那么诡异,像是亲眼看到一具古老的尸体突然活动一下,然后重返人间,就跟僵尸片里演的似的。可他的目光却无法从人工智能已经生锈的外壳上移开。他惊奇地看着它尝试转过头来,却因生锈的关节基本已经不能移动而屡屡失败。它仅存的一只胳膊时不时痉挛般抽动,然后,它努力发出了一点声音:

"博——士——"那声音虽然清楚,但断断续续、颇为机械,罗瑞顿了好一阵才明白它在说什么。"博——士——"

"博士,"艾米将手搭在博士肩上,声音中透着一丝不安,"它在叫你。"

"对,"他答道,"但更有可能是在叫别人,可能是制造它的人?"

罗瑞看到人工智能的左眼又眨了一下,黑黢黢的眼窝深处闪现出暗淡的光。当它努力抬头看向博士时,头微微转动了一下,"博——士——"

"呃,博士,我觉得它要找的就是你。"罗瑞的声音里满是困惑和惊愕。

"博——士——"

"我在呢,我在呢。"博士说着,又用音速起子扫了一下它。刚开始时,它一点反应都没有;但几秒后,它突然坐起来,扭过脸对着博士,用仅剩的那只手抓住了他外套的翻领。

博士吓了一跳,想要后退,但是人工智能抓得死紧,甚至将两者间的距离拉得更近。博士正对着它那张可怕的脸,蹙眉道:"啊,有趣,我倒没料到这一点。"

罗瑞感到艾米跳了一下,包括帕特里夏在内的一众考古学家也都纷纷后退。"博士……"罗瑞道。

博士长长地呼了一口气,说:"没关系的,罗瑞。保持镇定。一切都在我的掌控之中。"

人工智能微微转头,那只还能用的眼睛看了一眼罗瑞和艾米。它移动时发出的声音,像一只饱受折磨的动物发出的尖叫。金属护板已经在水里泡了太久,互相碰撞摩擦时会发出嘎吱嘎吱的抗议声。罗瑞还能听到其他声音——从其内部发出的呼呼声。

它转回去对着博士,又开始讲话,但这一次,它的声音变得沉稳得体,成了不带任何感情色彩的男性英式口音。它的嘴严重受损,不能移动,这声音似乎是从机器胸腔中发出的。在罗瑞看来,这个破旧的东西比之前更瘆人了。

"博士,你听得到我说话吗?"

博士在对方的抓握下尽力点点头,"嗯,我听得到。"

"我的时间不多了,这点残余的能量很快就会用完,我残存的记忆也会消失。我已经在水里等了你一千年,保留着仅存的一点力量。我要带给你一句警告。"

"说吧,"博士神情肃穆,"我在听。"

"蜂暴来了。格雷迪亚斯的一艘试验飞船在时间上撕出了一个洞,蜂巢将在过去出现。人们将面临灭顶之灾,你说……"人工智能的残骸突然向前一倒,手指从博士的外套上松开,话音戛然而止,只剩下长长的刺耳嗡鸣。博士一把扶住它,轻轻放在托板上。那张已经腐蚀了一半的怪异脸庞正对着人群,一动不动了。

博士退了回去,表情难以捉摸。艾米走到他身边,双膝跪地,将手轻轻放在那个机器的外壳上,后者突然动了一下,她吓得往后一跳。它的手在托板边缘摸索着,在地上划来划去。"还有,博——士——"它的声音再次变得沉闷,还伴有金属的嘶嘶声,"别忘了……要……调节……频……频率。"

它眼中的光熄灭了,一切重归寂静。

"博士,这是怎么回事?"艾米的声音中透着不安,人工智能刚刚对博士说的话,似乎将她之前的快乐和活力全都夺走了。

"我也不知道,艾米,但肯定和塔迪斯带我们来这里有关。"

罗瑞走上前,问道:"你能找到备用能源吗,博士?将人工智能和塔迪斯连接起来,重新激活,这样也许就能知道它要说的其他内容了。"

博士摇了摇头,"不行,它刚才已经用尽了能量,储备用完后,就无法再集中意识。它的神经矩阵已经完全崩溃了。"博士站起来,拍拍身上的尘土,"我们只能自己去搞清楚了。"

"它说,它要告诉你的事情是你告诉它的,这怎么可能呢?你之前怎么可能和它讲过话呢?"艾米满脸疑惑,抓着博士的胳膊,借力站起来。

博士耸耸肩,说:"它说的一定是对我而言还没发生的事情,它的过去是我的未来,差不多是这样。"博士沉思着,揪了揪自己的头发。

"那格雷迪亚斯和时间上的洞又是怎么一回事?它说人类面临灭顶之灾。"艾米看向罗瑞,后者努力挤出一个微笑,想要安慰她。

"啊,这一点还是很清楚的,有人在这个时空进行时间试验,他们可能让一艘试验阶段的飞船穿越到了一千年前——和这个人工智能一起。后来肯定发生了什么事情,导致它一直泡在水里,等待我们出现。"博士仿佛一下子来了干劲,他开始拆解那个人工智能刚刚说的话,从只言片语中理清它要表达的意思。

"但危险从何而来呢?"罗瑞问,"你也一直在穿越时空啊。"他突然想起帕特里夏·扬还站在旁边,不由心中一紧。他瞥向她,后者脸色僵硬,让人捉摸不透。她怀疑地打量着博士,罗瑞能从她的表情中看出,就算她之前还相信他们是市资源保护局的代表,现在也不信了。

博士似乎没有注意到这一点。他完全沉浸在自己的思绪中。"罗瑞,罗瑞!"博士喊道,来来回回踱着步子,"你可不能在宇宙中无忧无虑地闲逛,穿梭于时间中大出风头。我们族人很久以前就认识到这一点,找出了一种能够安全操纵旋涡的方法,在不产生大裂缝的前提下穿过旋涡。然而,黑暗中还是有些东西一直在宇宙之外潜伏,想要找出进入宇宙的通道。"

"蜂暴。"艾米说。

"对,蜂暴就是其中之一。"博士点点头,证实了她的说法。

"那是什么?"罗瑞问道。

"蜂暴是一类寄生物种,在正常的时空领域之外依附于微渺的存在,不断寻找着进入你我所在的这个宇宙软黏核心的方法。"博士在说"软黏核心"这个词时,双手揉作一团,让罗瑞不禁想到了软糖内心的巧克力球。"蜂暴以精神力量为食,然后建立新的蜂巢。它们会如瘟疫般传播,在整个宇宙中蔓延,如果不加阻止,它们会把地球洗劫一空……"

"我们能做些什么呢?"艾米已经恢复如常,问,"去哪儿找这些蜂暴?"

博士摇摇头说:"你,艾米·庞德,就待在你现在的位置上。这里,二十八世纪。"

"可——"

"没有可是!也别提问题!"博士夸张地摇摇手指,"蜂暴非常危险,一定要阻止它们。我乘塔迪斯回到……呃……"他停下来,用音速起子在人工智能的残骸上一挥,察看显示的读数,"1910年10月16日,这个可怜的样本被抛进水里的前一天。你和罗瑞要找到那个叫'格雷迪亚斯'的家伙,阻止他进行的实验。无论如何,他可不能在宇宙中撕出更多洞了。如果越来越多的洞从左边、右边或者中间冒出来,我在1910年做什么都于事无补。如果蜂暴感染了其他时间点,就能在这个宇宙站稳脚跟。不能再浪费时间了。你们的当务之急是阻止格雷迪亚斯。明白了吗?"

"明白。"艾米咧嘴一笑,"走吧,罗瑞。我们来看看二十八世纪都有些什么。"

突然改变的计划让罗瑞感到一丝不安,"博士,万一你在1910年遇到了什么意外怎么办?艾米和我会不会困在这个时空,再也回不去了?"罗瑞努力忽视掉妻子的胳膊肘在他肋骨上留下的重击。

"罗瑞,我会让你失望吗?"博士笑笑,罗瑞觉得他摆出那副表情是为了鼓舞士气。"不等你反应过来,我就回来啦。我速速回到1910年,填好维度空洞,设法对付怪物……你都不会知道我离开过。"

罗瑞努力挤出一个迎接胜利的微笑,但当艾米把他拖走时,他丝毫没觉得放心。

"而你呢,扬女士,"博士满脸笑容地转向帕特里夏,她正和一群考古学家与潜水员站在一起,关注着博士等人的交流。"很高兴告诉您,市资源保护局对您在这里的工作非常满意。"他向塔迪斯跑去,挥手指了指人工智能的残骸,"请继续工作吧。"

帕特里夏·扬摇摇头,困惑地看着他离开。一分钟后,她无可奈何地说:"来吧,小伙子们,我们把这堆东西搬回实验室去。"

2

【1910年10月16日，伦敦】

阿奇博尔德·安吉克里斯特教授虽然从未亲眼见过那种生物，但他读过警方报告中的描述，也坚信它们真实存在。当然，人们在报纸上看到的完全是不同的故事——最近频发的人口失踪案件是某个连环杀手或犯罪团伙的手笔。人们认为那些关于恐怖生物的谣言只是谣言，散布谣言者想要制造恐慌，摆脱警方盯梢。

然而，根据安吉克里斯特的经验，绝大多数罪犯都没那么聪明，即使有个别聪明的，也不会四处说自己的杰作出自神秘怪物。没错，安吉克里斯特全心相信怪物存在。他知道它们一定存在，因为他遇到过。

如今，他已退休五年，过着平静的生活，但他在退休之前，一直是特勤局的科学顾问，因此可以接触到各类外星人入侵的信息。多年来，外星人入侵这事一直阴魂不散。从现存最早的记录来看，英国历史中记述了各种胜利或失败——有人类，也不乏外星人。安吉克里斯特本人也多次对抗过外星闯入者——从泰晤士河中爬出来的长着触手的奇怪生物；感染了外星病毒失去理智，疯狂杀人的人类；从爱丁堡地下坟墓中醒来的古老生物，等等。当然，为了保护公众，这些事情的真相从未对外披露，不过，安吉克里斯特清楚得很：怪物无处不在，宇宙生机勃勃，人类绝不像自己以为的那样是万物的中心。

所以，当安吉克里斯特发现某种新的恶魔渐渐在伦敦横行起来后，并不特别惊讶。这种新出现的两足动物身材高大，杀人后就将尸体丢在血泊中。最让他担心的是，似乎没有任何人对此采取行动。

意识到这一点后，他决定亲自调查这件事。

他知道自己已经不再年轻——巅峰时期早已一去不返——但他灰色的小胡子中还夹杂着最初的乌黑痕迹，而且他还身体健康，行动自如。此外，丰富的经验也能为他加分。

他将前几天报道的袭击事件和目击事件标注在地图上，实验室的墙上很快钉下了不少标记。安吉克里斯特立刻意识到，警察找错了方向。他们肯定认为，无论谁——或者什么——是始作俑者，都是单独行动的。但安吉克里斯特从这些事件的模式中看出，警察们错了。在逃的至少有三只生物。此外，它们似乎在各自的领土范围内作案，各有各的狩猎场，彼此之间并无干扰。

因此，他选定其中一个区域——海德公园和泰晤士河之间。

此时此刻，黄昏之下，他就站在切尼路观望等待。他知道，只要耐心等待，就会看到对方。这片区域已经发现了许多尸体，如果自己装作诱饵，装作一只容易捕获的猎物，它一定会上当。等它咬钩，惊喜就来了。

夜幕逐渐降临，安吉克里斯特感觉越来越冷。整个下午都在城市上空缭绕、想将整座城市吞没的雾气终于落下，如同长长的手指，幽灵般缠绕着街灯和河里停泊的小船的桅杆。月亮仿佛一个明亮的装饰球，低悬在头顶。他重重地靠在手杖上，不停呼出雾气。再过一个小时，他就要回家，到格罗夫纳广场去了。即使他戴着手套，手指仍冻得有些发麻，黑色长大衣和帽子也无法抵御刺骨的寒冷。

安吉克里斯特听到远处的脚步声，随即转过身来。他的身体瞬间绷紧，认为对方潜伏在那边看不见的地方。不过，他随后便听到某个人喝醉后的笑声，意识到那可能只是某艘船的船员回到了自己的铺位。他转回身面向河道，既失望又宽慰地叹了口气，就在这时，他看见了那只生物，它就在不远处的雾气中若隐若现。

它的外貌和安吉克里斯特通过众人的描述推测的一样：高、瘦、棱角分明，头有点长，脸像蝙蝠；全身灰色，皮肤光滑，长着可怕的爪子，那爪子正因即将发生的事而激动地抽搐着。安吉克里斯特推测，它手臂下松垮悬挂的膜翼能使它在空中滑行。

然而，眼前的这只现在是走过来的，它露出獠牙，安吉克里斯特知道，一场鏖战恐怕势在必行。他举起手杖，像剑一样在面前挥舞，警告那只生物退后。它却只像野兽一样咆哮着，安吉克里斯特意识到，这东西不一定有智慧或自我意识，这让它的危险程度大大提高——它会像饿兽般拼命战斗。

生物飞扑向前，红眼闪闪发光。安吉克里斯特挥起手杖，对准它脑袋旁边就是一击。生物愤怒地尖叫，但反应仍像闪电一样迅速，手臂一挥挡住了攻击。安吉克里斯特退后几步，想为自己争取更多的时间。他要做的就是把它打昏。他确信，只要多次重击对方头部就行。

他抬手再次挥向猛兽，这次使出了全力。手杖砰的一声正中目标，那生物摇摇晃晃地后退，不住地摇头，好像在试着消除这一击造成的眩晕。安吉克里斯特向前靠拢，希望乘胜追击，但对方很快站稳，用爪子向他划去，一下割破了他的外套，纽扣和碎布散落在鹅卵石铺成的路面上。

"退后，畜生！"安吉克里斯特大吼一声，大幅度地挥动拳头，一个上勾拳正中对方下巴。这一拳足以撂倒一个人，但对方只是晃了一下，然后伸出瘦长的手，死死掐住安吉克里斯特的喉咙。他顿时难以呼吸，想要踢打它，但它行动敏捷，安吉克里斯特近乎疯狂的动作并没有踹翻它。

它的手指紧紧掐着他的喉咙，更可怕的是，安吉克里斯特感到这只生物在对他做别的事情——它以某种方式在他的脑海里摸索，仿佛在筛选他的记忆，拉扯着想要将其撬开。他感觉泪水顺着脸颊流下，但那不是泪，流下眼角的是温热的血。一怒之下，他举起手杖，猛敲那野兽的太阳穴。扼着他喉咙的手松开的一瞬，他瞅准时机，用力撞开它，不断进攻，意在让它晕眩。

就在他开始占上风时，一个穿着粗花呢夹克的瘦高男人从附近的小巷里跑出来，在几步远的地方停下，将某个奇怪的发光装置举过头顶。"别担心，"他喊道，"一切都在掌控之中！"

他朝野兽的方向走来，挥舞着那个装置，仿佛那是一根魔杖，而他就是施展魔法驱散野兽的魔术师。安吉克里斯特听到那个设备发出一种不寻常的嗡嗡声。

不管这个人刚刚做了什么，都非常有效，这只生物几乎立刻开始后退，双手捂在头的两侧。安吉克里斯特举起手杖，想再打它一棍子，但他动作不够迅速，还没来得及行动，这只生物就沿着街道飞奔而去。安吉克里斯特沮丧地放下手杖。

那个人侧身悄悄走近，看上去很开心的样子。"你好，"他愉快地说，"我是博士。"

安吉克里斯特沮丧地看着那只生物消失在夜色中。"不！你做了什么？你疯了吗？"他跑了几步想去追赶，但很快意识到已经来不及了，最终停下了脚步。他看到那只怪物从堤岸上潜入水中，消失在视野里，不一会儿又用膜翼乘着微风升空，逃入雾气缭绕的夜幕。

"多么美妙的生物啊，蜂暴。"博士说着站到安吉克里斯特身旁，"但是也相当危险。当它们不止一只时，更是如此。"

安吉克里斯特转头看着这个举止怪异、行为莽撞的人，这家伙不知道从哪儿冒出来，搅乱了自己所有的计划。"你这蠢货！"他努力克制着受挫的心情，"我就快成功了！"

"你要成功了？什么……你是说……不是吧！你该不会是想活捉那玩意儿吧？"博士的语气中透出几分钦佩。

"当然。"安吉克里斯特激愤地回答，"要不是你拿着那个古怪的装置突然打岔，我早就成功了！"他叹了口气，让自己冷静一些。对方也只是想帮忙。"我要是有什么失礼之处，还请见谅。谢谢你的帮助。"

"不必客气，"博士说，"我很钦佩您的勇气。先生贵姓？"

"安吉克里斯特，教授。"

"你好，安吉克里斯特教授。不过，您真的不应该惹恼那种生物。在你反应过来之前，它就会吸干你所有的精神力量。嗯……那个，你流血了。给你。"博士伸手一挥，动作浮夸地从外套口袋里抽出一条手帕，结果直接把它掉到了地上。博士低下头，看着那条手帕掉进一个水坑。"呃，好吧。对了，你可能想先检查一下伤势。"博士用两根食指在双眼下方各画了个圈，示意具体位置。

安吉克里斯特上下打量着眼前这个陌生人。对方有点奇怪，虽然目光炯炯有神、充满智慧，也对自己讲的东西胸有成竹，但他的行为……含蓄点说，算是与众不同吧。对方年纪轻轻却有些笨拙，像是刚刚学会走路的孩童。

安吉克里斯特从自己衣服口袋里找出手帕，轻轻擦了擦脸颊。博士说得对，他确实流血了，和那些警方报告中描述的受害者一样。他擦了下眼睛。幸好，血已经止住了。

"你运气不错，它还没来得及造成永久伤害。"博士继续说着，饶有兴趣地看着安吉克里斯特，"再晚几秒，你就必死无疑了。"他若有所思地摸了摸下巴，"但还是有不对劲的地方，这情景有点不对劲。"他皱起眉头，俯身仔细观察起安吉克里斯特的脸，距离近到有点尴尬，仿佛他希望从对方脸部的线条中找到答案。不一会儿，他面露喜色，打了个响指，"没错！就是它！我知道哪里不对劲了。你让我一下就想明白了，教授！"他咧嘴一笑，像终于吃到奶油的猫咪一般得意。

"你在说什么啊，博士？什么东西不对劲？"博士这种不拘小节的自来熟并没有让教授生气，只是让他非常困惑。

博士的表情突然严肃起来，"我来告诉你什么不对劲吧，教授。你一点都不害怕。你应该感到害怕的，非常、非常害怕。"

博士语气突变，吓了安吉克里斯特一跳，"嗯……我……看着我，年轻人！我见过的怪兽可能比你吃过的饭都多！"

博士开怀大笑,"啊,只怕我不敢苟同,教授。但是你做得不错!真的不错!坚持下去吧。"他轻轻地在对方胳膊上一捶,看上去有一丝尴尬。

"博士,你到底是谁?"

博士微笑起来,眼睛在月色下似乎闪着光。"我是让怪物感到害怕的人。"他神秘地回答,但教授并没有从中听出玩笑的意味。

"你不是这里的人,对吧?"安吉克里斯特又问。

"啊,那就说来话长了。"博士回答,"但必须承认,我的故事非常有趣,四处游历,危机四伏,充满挑战……但这个故事太长了,外面又很冷。况且,更重要的是,你还没告诉我,为什么要去抓那个东西。"

"你说它叫什么?"安吉克里斯特再一次问道。

"蜂暴。来自另一个维度的外星生物。一种对精神力量贪得无厌的寄生虫。"博士将几缕头发从眼前拨开,"它绝不会乖乖地被关进笼子里。其危险程度一点也不低。"

安吉克里斯特耸耸肩,"总得有人做点什么,阻止它们。不断有人命丧于此,苏格兰场[1]却仍然认为幕后黑手是一名连环杀手。我在特勤局工作时,曾竭力保护人们免遭这类入侵者的伤害。我觉得,要是捉到一只,就可以进行研究,搞清楚它到底是

---

1. 英国首都伦敦警察厅的代称。

什么，向警方说明他们要对抗的是什么。我已经将这几起袭击的模式标注到地图上，这种生物共有三只，我也确信，每只都在城里占据了一定的领地。"

博士笑笑，"教授，恐怕它们的数量远远不止这点。蜂暴是一种巢居生物，和蚂蚁、蜜蜂一样。越来越多的蜂暴会通过宇宙中的裂缝来到这里。"博士用手中的机械装置漫不经心地拍打着掌心，"你说，你将袭击事件发生的地点都标到地图上了？"

"没错……"

"你得带我去看看，越快越好。这或许非常重要。"博士转身，走向他来时的方向，刚走几步，又回过头来，指着街道来回摆手。"请带路吧！"他尴尬地看着安吉克里斯特，耸耸肩，"我不知道往哪边走。"

安吉克里斯特知道自己应该离这个怪人远一点，道声谢就离开。可对方身上的某种特质，眼神中的炽烈，对事态发展心中有数的模样，让他不由自主地产生了信任。他觉得，博士能帮自己搞清楚蜂暴的底细。他虽然不知道博士从哪儿来，但是这并不重要。只要对方能帮自己阻止会使更多人丧命的惨剧就行。

"博士，这边。"他用手杖末端指指相反的方向，"我的车就停在街角，开车很快能到我家。我很乐意帮忙。"

博士开心地笑了，"很高兴听你这样讲，安吉克里斯特教授，您的选择非常明智。"

3

【2789年6月10日，伦敦】

这一天，艾米和罗瑞绝大多数时间都在这个大都市拥挤的街道上穿行。

伦敦已经变得几乎认不出来了。对罗瑞来说，现在的伦敦就和外星世界一样陌生。当然，有些地标仍是从前的样子：圣保罗大教堂仍傲然屹立在路德门山；垂垂老矣的伦敦塔，仍像河边伫立的哨兵；白金汉宫保存完好，几乎和艾米、罗瑞二人所处的时代别无二致。然而，这些熟悉的纪念碑仍让人感到错乱，他们仿佛在别的地方，而不是伦敦。罗瑞觉得，这些古建筑像是被人从二十一世纪——从它们原来的地方拔了出来，然后丢在另一个时空某个完全不同的世界的城市里。鉴于和博士旅行时的见闻，这虽然听上去奇怪，却并非天方夜谭。

艾米向来更擅长都市生存，她已经开始领路了。但她也被这个地方的魅力迷住了，她不禁睁大眼睛，忍不住露出满脸的惊奇。他们从拥挤的人群中穿过时，罗瑞紧紧拉着她的手。他们路过几家看上去很奇怪的精品店，里面摆着会说话的电脑终端，几家饭店出售各种奇怪的菜肴，既有和环境格格不入的传统肉馅土豆泥饼，也有听起来就不好吃的"克扁渣"。

罗瑞以为自己会看到电影《回到未来》中会飞的汽车、悬浮的滑板等等，但实际上，这座城市尽管变得陌生不少，仍然只是一座城市。这里确实有新版的"管子"[1]——在城市地下管道网中无声穿行的气动地铁系统——但他们仍然为了饱览这里的风光而选择步行。或者，更确切地说，艾米坚持这样。

他们走下牛津街附近一条看起来很熟悉的小路，结果走到了一座玻璃圆顶下方，他们在河对岸时就曾看到过几个这样的东西。它像是从地里长出来的，闪闪发光的晶体筑成的墙体高耸入云，向四面八方延伸——像是位于大都市中心的巨型玻璃泡。

罗瑞觉得，它看起来像超大号的植物温室，也像那种瓶装微型生态系统——但其覆盖区域大约有半平方英里，一直延伸到河边。为了建造这东西，一定清理了这座古城的一大片区域。

艾米靠在玻璃上，双手撑在眼边，窥视玻璃罩里面的陌生环境。里面与周围的城市环境完全不同：既没有钢铁和玻璃搭建的高塔，也没有古老得快要坍塌的遗迹。那是一片郁郁葱葱的绿色

---

[1] 伦敦地铁的别称，因其在管道般的隧道里穿行，所以被称为"管子"。

森林，一群色彩艳丽的鸟儿若隐若现；几米开外，一头母狮在灌木丛中潜行。罗瑞注意到，圆顶顶端的钢架上安装了一排巨大的风扇。

"你觉得这是什么？"罗瑞琢磨着，"某种动物园或保护区？"

艾米摇了摇头，"也许吧。但更可能是一个氧气工厂，跟'拜占庭号'[1]中心的那个一样。"她说这话时，不禁打了个冷战，后退几步，"大城市，没有树，很多人……我想，这就是他们维持呼吸的方式。"

这段推理令罗瑞折服。显然，和博士在一起的时间对她产生了潜移默化的影响。"氧气工厂……"他困惑地说。他不喜欢这一概念暗示的事实——自二人所处的时代起，地球的自然栖息环境到底遭受了什么？

二人继续前进，未来伦敦的陌生事物让他们眼花缭乱，而毫无变化的事物又让他们沮丧。罗瑞看到了不少人造人——大概就是帕特里夏·扬提到的"仿人类"的人工智能吧，和他们刚才从河里捞出的那个一样。只不过这些"人"都在活动，走在主人身边，橡胶制的皮肤毫无血色。它们为这些有钱人取货、搬运，或是做一些辅助工作，跟私人管家一样。有些人造人甚至穿着爱德

---

1. 详见新版《神秘博士》剧集第五季第五集《肉与石》。

华时代男仆的典型服装,黑色正装配白色手套。这让罗瑞感到无所适从。他不喜欢"奴隶"这一概念,不论对人还是对机器。

两人完全不知道从哪里开始寻找格雷迪亚斯。直到他们着手找人才意识到,他们连要找的人是男是女都不知道。

起初,他们准备去研究所或者研究机构,那里可能有顶级科学家在进行博士说的那类实验,但最终走向了死胡同。起码,有那么一次,二人是真的走进了一条死胡同里。所以没办法,他们开始在街上闲逛,思考找人的方向,为了缩小寻找范围想破了脑袋。罗瑞甚至想用手机联网,搜索一下"格雷迪亚斯"这个名字,但是不出意料,他的手机运营商早已消失,这项技术也退出了历史舞台。他甚至不知道未来的人类是否还会使用手机,或许,连互联网都被全新的技术取代了。

最终,他们找到的办法却简单得出人意料。

艾米指了指城市里每隔不远就会出现的黑盒子。其形状如同灵柩,高约二米五,内部中空,大门敞开。罗瑞之前一直没有注意到它们,因为眼前的景象太宏伟壮观,他一直在观赏周围的美景,没有注意到这些到处都是的奇怪盒子。

艾米则注意到马路对面有个人走进一个盒子。里面闪过一道微弱的蓝光,这终于引起了罗瑞的兴趣。不一会儿,一个声音传来。这时,罗瑞才意识到眼前的黑盒子到底是什么。

"信息终端。"他说着转头看向艾米,脸上挂着大大的笑容，艾米却早已冲向了马路旁边另一个没人的盒子。罗瑞叹了口气，赶紧跟上。

艾米就要走进盒子时，罗瑞才追上她，"艾米，我们不是该……"

"嘘！"艾米打断了他。这时，盒子里黑黢黢的凹处突然闪现出一个全息影像——面无表情、没有头发、性别不明的电子人头。它只露出了肩膀以上的样子，罗瑞觉得，它仿佛是从昏暗的凹处探出身来的，似乎要将头伸到有光的地方。

罗瑞从艾米肩膀上方看去，想看清发生了什么。那全息投影漠然看了一会儿，开口道："欢迎来到伦敦市，我是您的向导。您需要什么帮助？"

"嗯……我们想找人。"艾米耸耸肩，答道。

"请说出您要找的人的姓名。"全息投影语气漠然地说。

"格雷迪亚斯。"艾米回头向罗瑞露出一个搞怪的笑容，眼神中满是兴奋，就像在说"这就是未来啊，罗瑞！"。他情不自禁地跟着笑了，这个女孩的热情总是如此具有感染力。

等了一会儿，全息投影说："通讯录中名为'格雷迪亚斯'的人共有六个。"随后，一份列着姓名和地址的表单在艾米面前展开，发光的文字悬浮在半空中。

"看！那里！有个叫'C.格雷迪亚斯教授'的人！那一定是我们在找的人。"罗瑞指着其中一个名字说。

"'教授'一词的确暴露了重要信息，太明显了。"艾米笑着伸出食指去点击那个名字。

艾米点击的同时，全息投影的人脸碎裂为细小的光点，取而代之的是一张地图，一个闪光的点在上面标出了教授的工作室或家庭住址。地图下方列出了具体地址，全息投影的文字闪烁着蓝光。

"这是 C.格雷迪亚斯教授登记的地址，不过教授目前不在。"向导的形象虽未出现，但是它的声音响了起来。

罗瑞觉得，它的声音听起来有些厌烦，但这可能是他的错觉。毕竟，全息投影怎么会觉得厌烦呢？

这时，艾米说："我知道这是哪里，就在大英博物馆附近。看吧，它就在那里。我小时候曾经去过一次。"

"应该很容易就找到了，估计走半个小时就能到。"罗瑞同意道。

"啊，谢谢你。"艾米对向导道谢后走出了盒子。

"祝您在伦敦玩得愉快。"一成不变的声音再次响起，两人马上朝新目的地出发了。

没过多久，他们就站在了一座雄伟的现代建筑门前，它距大英博物馆大约十分钟步程。建筑物的正面由钢铁和玻璃构成，透过高窗，罗瑞看到大厅内几乎没有装饰，只有一张弧形接待台。

"看上去像一家旅馆。"他一边窥视里面的情况，一边说。

"你觉得会有人住在里面吗?"艾米说着,试着转了下门把手,结果毫不费力,门吱的一声打开。

"我们马上就知道了。"罗瑞领着她走了进去。

建筑里面有一股抛过光的味道——罗瑞只能想到这种形容。那是一种干净的、消过毒的味道——令人不悦,直冲鼻子,久久不会散去。这里一尘不染,大理石地板反射出头顶条灯的光线,白墙上什么都没有,接待台由一整块黑色花岗岩雕成。一英尺高的"格雷迪亚斯工业"几个大字挂在上面闪闪发光。所以,这里要么是办公室,要么是实验室吧。

穿过大厅,有一个连通上下层的螺旋形楼梯,其原型为双螺旋结构。看来,不管这里的主人是谁,都一定在室内设计上花了不少钱。

"这儿没人。"这一点无须多言。屋内很冷,罗瑞总觉得什么地方怪怪的,这种感觉非常强烈。"这里的接待员在哪儿?"

艾米耸耸肩,"可能也是什么全息投影吧。"说着,她直直朝桌子走去,靴子在抛光的地面上嗒嗒作响。

"也没有背景音乐。这种地方总是有背景音乐的。"罗瑞嘟囔道。

"你是说,你觉得这里放一段花哨的伴奏版贾斯汀·比伯的歌会更好?"

罗瑞一脸"你把我当成什么人了"的表情,而艾米只是甜甜一笑，转身靠在接待台上，喊了一句："您好——有人在吗？"

没有回应。

"有人吗——"她又喊了一句。

罗瑞看看楼梯，回到门前，说："看吧，这儿真的没人。我们可能走错地方了。"他愈发不安。

艾米皱起眉，"不会的，不可能。一定有人在这儿。"

"刚刚那个全息投影也说了，格雷迪亚斯教授不在。我们不应该进来的。"说着，他已经半转向门口。

"如果没人，门为什么开着？"艾米问。罗瑞明白，她说得对。"况且，这里还有一张接待台，所以，我们没有非法入侵。"

"可是艾米，我觉得这样不太好。"

"拜托！你的冒险精神哪儿去了？"艾米冲他一笑。他心知危险将近，但还是妥协了。

"我觉得吧，毕竟我们已经答应博士了……"罗瑞说。

"可不是！那……"艾米牵着他的手，拉着他穿过大厅，走到楼梯口，"我们先上楼还是先下楼？"

"嗯……"罗瑞上下看了看。这楼梯看上去很不牢固。"上楼吧，"罗瑞颇有把握地回答，"我们应该先上楼。"

"很好。"说话间，艾米已经跳上楼梯，向下走去。

"我说的是先上楼！"罗瑞看到她两步并作一步地下了楼。

"嗯啊！"罗瑞只听到这一句回答。艾米声音未落，人已经下楼下了一半。

罗瑞只好摇摇头跟上去。他琢磨着，这样的事情已经发生过多少次啦？这也不是他第一次想这个问题了。

"你说'嗯啊'是什么意思？"

"这是在恭维你呀，我一直很相信你的直觉。"

"可是直觉告诉我，我们应该上楼去。就像我说的那样。"

"对，这就是我觉得我们应该下楼的原因。你的直觉会告诉你，不要去黑暗恐怖的地方，而你又觉得，楼下一定是那样。所以，那里才是我们要去的地方。"

罗瑞皱起眉头。尽管这话表面上听起来不怎么对，但细想之下这种逻辑无法反驳。"嗯，我大概知道你的意思。大概吧。"

这时，艾米用胳膊肘杵了下罗瑞的腰肋，"看吧，要相信你的直觉。快看！"她的动作更夸张了一点，"一个恐怖的大机库。博士一定会以你为荣的。"

他们已经走下楼梯，地下空间非常广阔，他们可以听到自己脚步的回音。楼上渗下微弱的灯光，丝毫不能驱散此刻将二人团团围住的黑暗。

"嗯……这绝对不是什么旅馆。"他说。

艾米摇摇头，小心地朝黑暗迈出一步。"一定是地下仓库或工作坊。"她说。

"对。格雷迪亚斯教授也一定不在这里。"罗瑞回答。

艾米又试探着向前走了一步,突然,一道光忽闪了几下。罗瑞眨眨眼,赶紧用手背挡住脸,避免直视耀眼的灯光。然后,成排的灯接二连三亮起,整个机库充满昏黄的灯光。罗瑞猜,可能是艾米的动作触发了灯光。

"这才像那么回事嘛!"艾米兴奋地说。

罗瑞要给眼睛一点时间适应光线的变化,便透过指缝看了看周围。这里和他想象的一样大——甚至比他想得还大。里面成排摆放着工作台和电脑工作站,监控屏和大堆电缆成行成列。电线从天花板上挂下来,像树枝上垂下来的扭曲毒蛇。下方,房间中心,停放着一艘巨大、华丽的银色飞船。至少在罗瑞看来,那是一艘宇宙飞船,它就像科幻电影中的东西,一艘闪闪发光的逃生舱或航天飞机。要不是罗瑞也算知情,他会觉得,到了二十八世纪,伦敦应该满天都是这种东西。

这艘飞船有十五米长,和普通汽车一般高。它似乎由闪亮的铬板或抛光的钢板制成,反射出刺眼的光。船头呈圆锥状,船身整体为菱形,一侧有一个舱口,像海鸥的翅膀一样张开。从头顶挂下的电线中,有几根盘绕下来,连接到船身外侧的插座,像脐带一样接入舱体内部。

罗瑞不由自主地慢慢走近。"快看,"他说,"你觉得这就是博士提到的时间机器吗？看起来不像试验品。"

艾米耸耸肩，"一定是它。"说着，她绕着它慢慢打转，伸手摸了摸它光滑的表面。

"小心点。"罗瑞说，"你觉得它可以碰吗？"

然而，艾米这时停下脚步，瞪着脚下的东西，脸上露出惊恐的表情。罗瑞毫不犹豫地跑到她身边，"艾米，你……"话只说了一半，他就看到了艾米眼前的场景。

时间机器的阴影盖住了地板上躺着的那个三十出头的漂亮女子。她身穿一件白色实验服，金色长发认真地束成马尾。她的面部完全扭曲，呈极度恐惧状。暗色的黏稠液体污染了她的脸颊和衣领。

她死了，眼眶中还淌着血水。

4

【1910年10月16日，伦敦】

安吉克里斯特的实验室里摆满了各种神奇的东西。起码，在他自己看来是这样的。他喜欢这间屋子，大多数时间都和这四面墙一起度过，现在更是如此。说来好笑，他还是被迫退休的，因为他实在积极过了头。他一直独居，还没准备好过端烟斗、穿拖鞋的闲散生活。

所以，安吉克里斯特的大把时间都花在这间实验室里，他捣鼓一直想开发的发明，研究罕见的动植物样本，对苏格兰场解决不了的案子开展非官方调查。到头来，这里就堆满了各种物品：一副人体骨架、一只大型猫科动物的头骨、上发条的大型太阳系模型、一箱皮革装帧的古书、贴在墙上的地图、爱丁堡地下墓穴的照片、埃及木乃伊的石棺、一个摆满奖杯的展柜……简直不胜枚举。

安吉克里斯特将茶盘放在桌子上，转头去看博士在做什么。

杂乱的物品挡住了博士的位置,最后,他在实验室一角发现了博士,后者正在仔细观察某些设备。

安吉克里斯特微微一笑。博士正在用他那个奇怪的设备研究自己最重要的物品——一只发条猫头鹰,那是一位亲密老友几年前送给他的。博士听到教授走过来的脚步声,便回头看他。

"博士,这个神奇的装置是什么?"

"这个吗?"博士边举起那东西,边蹲在原地研究那只猫头鹰,"这是音速起子。"

安吉克里斯特接过起子,在手中来回摆弄。"起子?"他将它还给博士,并不怎么感兴趣,"我一直相信一条原则——工具不应该设计得过于繁复。我是说,如果传统的起子足以完成工作,干吗还要费那些工夫?"他耸耸肩,"但是,我们挺走运的,那只蜂暴不喜欢这个起子发出的声音。"

博士突然转身,回过头来看着他,说:"其实,并不是这么简单的……"

"正是。"教授回答。

"嗯,还是算了吧……"博士说着将音速起子装回口袋,"教授,你说的地图在哪儿?"

"那边,就在墙上。"他带博士走向实验室的另一头,小心绕开了靠着一堆木箱站着的真人大小的尼安德特人模型。

"地图可能有点过时,但是伦敦这些年并没有太大的变化。"他说。

"这话真该讲给艾米和罗瑞听听。"博士意味不明地说着,注意力又马上被工作台上那堆物品吸引住了。"啊,一顶大礼帽!"博士突然将古老地球仪上放着的礼帽取下来戴在自己头上,"我喜欢礼帽,礼帽很……"

"很不合时宜,博士。"

博士只好摘下帽子放回工作台,他看上去有些沮丧。当他抬头看地图时,突然又面露喜色,"教授,你做得太棒了!"他上前一步,仔细查看教授贴在墙上的这张已经泛黄的伦敦旧地图,上面钉满大头针,标记出最近发生的袭击事件或目击地点。安吉克里斯特教授还在周围钉了其中六名受害人模糊不清的照片,每个受害人都躺在警方的太平间,脸上的血迹已经干涸。照片和死亡地点之间用线连接起来。

安吉克里斯特在苏格兰场还有一些朋友,他们愿意为他提供信息,以示对他之前提供的帮助的感谢。

"这些蜂暴怕是一直没闲着,博士。周四之后,袭击事件的报告数一直在上升。"安吉克里斯特压低声音说。

"嗯。可能还有一些事故未经报告。"博士回答。

博士站在原地,一言不发,手指沿着连线划来划去,不时转动脑袋,努力琢磨这些数据背后的意义。"这些信息不足以用来进行三角定位,但是我们要找的地方应该就在这一片,"他指指地图，"霍尔本和大英博物馆附近。"

"博士，你到底在找什么？"安吉克里斯特越过博士的肩膀研究着地图。

"我要找到事件中心，找到在宇宙中撞出洞、导致蜂暴感染了这个时间点的那艘船。只要我能找到它，就有机会在蜂巢完全显现前阻止对方。"

"那会怎样？如果这个……蜂巢在这里出现，会怎样？"安吉克里斯特不想问"这个时间点"是什么意思，以及这种说法所暗示的那些问题。

"世界末日。"博士严肃地答道，"蜂暴会吸干这个世界。一旦成功，一旦它们吸干了地球上所有人的精神能量，就会前往其他星球。地球就是它们的滩头堡，是它们进军整个银河系的补给站。之后，它们踏足的每个世界都会出现蜂巢。几十万年后，它们会征服半个星系。所以，一定要阻止它们。"博士用坚定的眼神注视着安吉克里斯特，"教授，你愿意帮我吗？"

安吉克里斯特直直地看着博士，"博士，我年纪已经不小了。不知道我一个老头子能有什么用？"

博士探究地挑挑眉，"啊，我可觉得你大有用处，教授，只要你愿意。"他笑笑，"你确定自己想错过这些？"

安吉克里斯特完全无法掩饰嘴角浮起的微笑。"再来最后一次冒险，是吗，博士？共赴战场这种事情，有何不可？我深感荣幸。"

博士开心地笑了,"教授,您真是不同凡响。"他说着拍拍教授的肩膀,和他一起向门口走去,"现在,我们需要用用你的汽车。"

"教授,快看头顶,你看到它们了吗?"耳旁风声呼啸,博士只能靠喊。他们正乘着安吉克里斯特的敞篷汽车飞驰。博士不知怎么说服了教授让自己开车,而他现在伏在方向盘上,头发凌乱地拍打着脸,看上去就像个彻头彻尾的疯狂冒险家。安吉克里斯特已经有好多年没像现在这样充满活力了。

他看向天空。天色已晚,接近午夜,夜色和薄雾中,他几乎什么都看不到。不过,在月光下,三只蜂暴依稀可见,它们在屋顶上盘旋,随风滑行自如。他想,它们是不是在搜寻猎物,或是在监视下方的某个目标?如果是后者,那么自己和博士很可能在抵达目的地之前被发现。

无论哪种情况,博士之前的判断都是对的。显然,这些家伙的数量远超安吉克里斯特最初的估计。如果博士可以信赖——安吉克里斯特和他待得越久,就越倾向于此——如果他们不能合上那条跨维度裂缝,越来越多的蜂暴就会如活体毒药般通过裂缝涌入这里。

安吉克里斯特并不是非常理解当下的复杂情况,但是,他理解的部分足以让他认识到,蜂暴是一种可怕的威胁。如果它们在现实世界中成功建立起蜂巢,就会四处扩散,吞噬所过之处的一切生命。它们永不满足的贪欲,会让所有生物陷入灭顶之灾。

安吉克里斯特一直认为,茫茫宇宙中,生命无处不在。当然,他早就知道其他生命体的存在——在特勤处工作时,他曾亲眼见过出现在地球上的一些外星生物。但是,博士证实了大千世界的存在,听他描述生机勃勃的宇宙之浩渺,证明生命几乎无处不在……这完全是另外一回事。安吉克里斯特的世界一下子拓展开来,也更加丰富多彩,因此,无论怎样,他都不会让外星寄生虫将这一切夺走。

博士猛地一打方向盘,汽车突然转弯,安吉克里斯特从座位上弹了起来,差点从一侧车门甩出去。"稳住,博士!汽车是有刹车的,你知道吗?"

博士笑了,眼睛一直看着前方的路。他预计在这附近能找到那艘飞船的踪迹,因此仔细搜索着。"在贝西[1]之后,我就没有这么开心过了。"他又意味不明地讲了一句。

安吉克里斯特仍然不知道博士到底是谁,又是从哪儿来的,但他自己也没想到,目前他乐于接受这种模棱两可的状态。显然,博士对宇宙的运行机制有着深刻的认识——远超安吉克里斯

---

1. 老版《神秘博士》剧集中博士开的车。

特认识的所有人——他做事的热切和紧迫感，足以让安吉克里斯特紧随其后。不过，这个不同寻常的人最出乎教授意料的是——他显然很享受自己的生活。他表现出的快乐、活力和生活的乐趣，深深感染了安吉克里斯特教授。无论他们现在一头栽进哪种危险，博士似乎都乐在其中。和博士在一起，让他想起了自己年轻时无忧无虑的日子，想起了那些惊险刺激的冒险和英勇的事迹。在他眼中，这不是坏事。这感觉就像终于摆脱了多年来一直缠在身上的蛛网，让他再次拥有了冒险精神。想到这里，他嘴角浮现出一丝笑意，在座位上坐好，看着路边的房子飞驰而过。

此时已是深夜，街上只有几个形单影只的人晃荡，他们或是刚从小酒馆出来，或是结束了不太体面的工作，朝家走去。博士没有理会他们，只是开车在道路上飞驰，他一次次转弯，车身不停地颠簸，车灯也随之晃动。两束车灯打入薄雾中，像发光的箭一样穿透黑暗。

在大英博物馆附近这样转悠了将近半小时后，博士一个急刹车，停到路边，拉下手刹，汽车猛地向前一倾，颤悠着停稳。他甚至没有朝安吉克里斯特的方向瞥一眼，就直接从驾驶座上跳起来，跑到汽车边，从外套口袋里拿出音速起子。他像举着火炬一样举着它，按下按钮，起子发出巨大的嗡嗡声，安吉克里斯特觉得那声音很刺耳。

"博士，我实在想不通，一把起子怎么能帮我们找出一艘神秘的飞船？"安吉克里斯特问道。博士怪异的举止再次让他颇为困惑。

博士站在原地，转过身来，看着起子的读数，一脸沉思。"是的，我……"他话说到一半，又转过身，面朝相反的方向。"啊哈！这边！"他匆匆跑远，跑到半路，才回头去看安吉克里斯特——后者仍坐在副驾驶座位里。"走吧，教授！"他示意安吉克里斯特和自己一起，"你坐在那儿会感冒的。"

安吉克里斯特不禁笑着打开车门，踏上人行道，匆忙赶到博士等他的地方。

"接下来我要说的这点非常重要——你得保持警惕，眼观六路，耳听八方。最重要的是，"博士用音速起子拍拍教授的翻领，像是为了强调，"一定要照我说的做。"

安吉克里斯特点点头，"你可以相信我，博士。"他的手指摩挲着口袋里左轮手枪的枪托。

博士竖起手指，好像判断了一下风向。"这边！"他说完就跑了起来。

安吉克里斯特叹了口气，赶紧追上。他想，至少跑步能让自己保持健康。

没过多久，博士就找到了他想要的东西。

安吉克里斯特跟着博士跑过一条条街巷，全部注意力都用在跟紧这个神秘的陌生人上,所以彻底记不清来路了。在他看来,他们已经来回折返过无数次,博士就像竭力想让他们迷路似的——他冲进一条窄巷,然后突然停下,看看音速起子上的信息,又冲向另一个方向,眉头紧锁,嘴里啧啧有声。

这一通折腾不已的跑动几乎惹恼了安吉克里斯特,就在他快要喘不上气时,博士闪身钻进一道昏暗的小巷,匆忙得差点在潮湿的鹅卵石路面上滑倒。音速起子的头部在红色砖墙上投下一道怪异的阴影。

"如果我猜得没错……"博士嘴上这么说,但那语气表明他认为自己一定没错,"它应该就在……"他突然停下来,踢开某处排屋的后门,接着后退一步,脸上挂着满意的笑容,"这里!"

博士双臂抱胸,显然对自己很是满意。

"一艘非常危险的试验时间飞船,它根本就不该被创造出来。"他向前探身,站在门口看了看里面,"但它的外观看起来很华丽,对吧?这个叫'格雷迪亚斯'的家伙审美不错,但应用物理学得不太扎实。"

安吉克里斯特一直在匆匆跑动,努力跟上博士的步伐,终于在敞开的大门前停下。他用一只手撑在墙上,呼哧呼哧地大口喘气。然而,当他转过身去看博士在看什么时,一下子忘记了疼痛的四肢、酸胀的双脚和额头上的汗珠。他走上前去,眼前的景象让他入迷。

一艘闪闪发光的银色宇宙飞船——或者说，在安吉克里斯特看来，那就是他想象中宇宙飞船应有的样子——部分撞进了房子后墙。盆栽棚，或者说曾经的盆栽棚，已经被飞船压成了一堆瓦砾，温室玻璃也碎了，散落在后院的石板上。

这艘船的船身似乎在月光下微微闪烁，光滑的船体没有因为粗暴的降落出现瑕疵。它的形状像一颗球形鱼雷，大约有三辆汽车那么长，侧面开着一个舱口，仿佛张大的嘴，里面黑黢黢的。显然，飞船曾把某人或某物吐进了院子里。

最让安吉克里斯特困惑的是，尽管这艘飞船看起来像有一半埋进了房子的砖墙中，但墙体本身却似乎完好无损，仿佛整栋建筑是绕着飞船建的，要么就是船头部分被切除，有人把机身推到与墙壁齐平的位置，仿佛那里长出了一大块银色疤痕。

"这……太不可思议了。美极了！我想破脑袋都想不出这样的飞船。"安吉克里斯特转向博士，"未来就是这样的吗，博士？"

博士咧嘴一笑，"这个？嗯，我想，算是吧。对于能穿越时空的飞船而言，它其实还很原始，真的。不过，它看起来还是挺震撼的，不是吗？"

安吉克里斯特慢慢走近飞船，他的鞋踩在碎玻璃片上，发出嘎吱嘎吱的声音。空气弥漫着一种气味，像雷雨后臭氧燃烧的气味。"它为什么会那样,博士?我是说,它有一半在墙里。"

安吉克里斯特听到博士跟着他进了院子。

"啊,没错。嗯,那就是'正在试验'的部分。不管造这个东西的人是谁,都没有考虑到安装距离传感报警装置。它的确出现在了正确的坐标点,但是这个坐标点上有一堵墙。"

"你是说……"

"意思是说,船首就这么出现在墙里。船上的人挺走运的,这堵墙不那么厚。"博士说。

"离小巷也不那么近。"安吉克里斯特低声说。他仍然不敢相信自己看到的一切。

博士走近失事飞船的残骸,伸手抚摸银色船身。安吉克里斯特看得出来,尽管他说这艘船很原始,但那工艺还是吸引了他。

"博士,你之前提到的维度上的洞呢?那不是你要找到这艘船的原因吗?"

"它就在附近某个地方,肯定的。可能在房子里,也可能在那边,露天洗手间残骸那里。没什么可看的。就是两个空间之间的连接变薄,空气中有一点模糊的微光,就像马路上的一团热气。"博士说话时,目光一直没有从飞船上移开。"让我担心的是,为什么没人注意到邻居后院里有一艘巨大的时间飞船?我说,看看它吧:体积庞大,闪闪发光,颇具未来感。它出现时一定伴有一声巨响。我们所在的这条街上,大概有五十栋房子吧?"博士退后一步,双手叉腰,仍然目不转睛地盯着飞船。

"啊,博士……"

"你可能觉得,现在应该已经有人注意到这里,并向警方报告了。这个地方应该挤满了人。"

"博士!"安吉克里斯特低声说道,声音更加迫切,想要引起博士注意。

"但是,不是这样,整条街都完全没有动静。好像这里一个人都没有。所有灯都灭了,所有房子……啊。"博士突然不说话了,好像脑袋里的灯泡一下子亮了。"这就是你想引起我注意的原因,对吗,教授?因为我忘记了非常重要的事。我忘记了,怪物潜伏在这里的阴影里。"博士转头看向安吉克里斯特,后者表情痛苦。"我一定不想看到那场景的,对吗?它们就在这里,对不对?"

"的确如此,博士。我还以为你有别的考虑呢。"安吉克里斯特说着,指向博士身后,那里有一大群蜂暴。它们像滴水兽一样挂在附近房子的屋檐下,有的在屋顶上爬来爬去,有的蜷伏在墙上。它们的红眼像灼热的煤炭一样在黑暗中燃烧。整条街至少有五十只。显然,它们已经迅速解决了坠机地点附近的所有人,收集了这些人的精神能量,供给蜂巢。这就解释了为什么没人报告过突然出现的飞船——这里没有能去报告的活人了。

一只蜂暴猛扑下来,落在隔开院子的木栅栏上,发出很大的声响。安吉克里斯特吓了一跳。它抬头尖叫,声音极为骇人,又盯着他们露出獠牙,用膜翼防护性地裹住自己。它的黑色爪子在木板上留下深深的划痕。

"你好啊,"博士愉快地和它打招呼,"真是个愉快的夜晚。"

蜂暴从牙缝里挤出嘶嘶声。

其他蜂暴也越来越近,安吉克里斯特瞥了一眼房子四周,发现蜂暴无处不在。连屋子里面的窗户上都爬满了蜂暴。几步远的排水管上也挂着一只。

安吉克里斯特悄悄把手伸进口袋,摸到自己的左轮手枪,那冰凉坚硬的触感让他稍稍安心了些。

"拜托,"博士继续道,"你们明明可以做得更好。在这里聚集了那么多同类,至少能让你们达到普通人类的智力水平。"

"我们。"那只蜂暴用沙哑的声音说。

"是。"安吉克里斯特左边的一只蜂暴说。它跳过栅栏,跨过盆栽棚的瓦砾堆,伸出爪子向他们逼近。

"蜂暴。"第三只蜂暴栖在一个窗沿上说。

"我们,即将,享用,盛宴。"它们分别蹦出一个词,拼完了整句话。

"是,是,是。"博士说,"陈词滥调,还是那一套。但我觉得,这种事恐怕不会发生。"

"蜂巢,即将,显现。"蜂暴用这种奇怪的说话方式断断续续地回答,"它,很,饿。"

"我可以理解,真的。生理需要嘛,永不餍足的胃口,我明白的。但是,这个宇宙不能任凭你们索取。你们不能占有它。"他叹了口气,"听着,你们现在已经具有足够的智力水平,能理解我开出的条件,所以,我会给你们一次机会。我只会给一次机会——赶紧离开。你们全部离开,从哪里来回哪里去。否则,我只有帮你们这个忙了。"他挺直了背,迎着栅栏上那只蜂暴的目光,"也就是说,我亲自送你们离开。"他平静地补充道。

安吉克里斯特简直不敢相信博士竟会与这些怪物如此交流。他全身每一处都叫嚣着让自己开枪射击这些东西,趁它们扑过来把自己撕成碎片之前,尽可能多地干掉它们。而博士好像并不害怕,似乎对这样的事情游刃有余。他的话中还有一种洞察结局的倦怠感,好像他知道蜂暴绝不会接受他的提议,但无论如何还是有义务告知它们。

"这个,世界,很,富饶。"蜂暴不为博士的威胁所动,"还有,你……我们,闻了,你的,气味……我们,要,享用,你。"

安吉克里斯特看到博士垮下了肩膀。

教授走上前,从口袋里掏出左轮手枪,在他面前挥了两下,"你有武器吗,博士?"

博士转向安吉克里斯特,冰冷的眼神瞬间吓到了教授。"把枪放下，教授。你不需要用它。"他严厉地说。

安吉克里斯特皱起眉头，"但是……"他没有把话说完。他答应过博士，会按他的要求去做。尽管这样会让自己苦恼，但他还是得信守诺言。于是，教授把左轮手枪装进口袋。他希望，不管博士的计划到底是什么，都最好是一条妙计。

这时，右边某处突然传来刺耳的叫声和爪子在金属上的擦刮声，安吉克里斯特和博士转过身，见另一只蜂暴从飞船的舱口钻了出来，爪子上拖着一个柔软的红色物品。据安吉克里斯特判断，那是一件衣服，一件带帽套头衫。

"艾米！"博士喊道，冲上去从蜂暴手中夺过了它。当他猛地把衣服拽出来时，衣服被撕裂了，蜂暴尖叫着举起爪子想要攻击。博士怒气冲冲地从口袋里掏出音速起子，高高举起，"如果你们伤害了她……"他的声音里满是狂怒，"如果你们伤害了她，那么，等我回来时，你们最好已经集结出一整支军队。那是唯一能拦住我的东西。记住我说的话。"

他按下音速起子上的按钮，蜂暴开始痛苦地尖叫，用力抓挠自己的头。博士面前的蜂暴膝盖一弯倒在地上，用膜翼包住自己，头埋在胳膊里，像是想要挡住音速起子的声音。在远一点的地方，街道两侧几只未受影响的蜂暴好奇地看着这里，好像不明白自己的同族怎么会突然变成这样。安吉克里斯特觉得它们应该是在博士那个设备的作用范围之外。

博士仍然高高举着起子，转身把夺来的套头衫扔给安吉克里斯特，然后把头伸进飞船舱口，看了一两分钟，像在寻找什么东西。然后，他离开飞船，走到安吉克里斯特站立的地方，教授已经惊讶得瞪大了眼睛。

"我不能一直让它这样。"博士说着，挥了挥音速起子，"这会耗尽所有能量。另外，蜂巢很快就会适应。用不了几分钟，它们就会知道如何过滤这种声音。最好留着它以后再用。"他看看安吉克里斯特的脸，观察对方是否理解了自己的话，然后补充说，"我们可能还会用到它。"

安吉克里斯特点点头。

"那，我一松开按钮……"博士说。

"就继续跑？"安吉克里斯特笑着问道。

"就继续跑。"博士回答。笑容渐渐从他脸上消失，取而代之的是一种深受困扰的表情，这让安吉克里斯特后背一凉。博士接着说："它们会非常、非常生气的。你准备好了吗？"

安吉克里斯特回头看看地上仍在打滚的蜂暴，又看看那些挂在原处痛苦地扭动、尖叫的蜂暴。那些痛苦的声音惊心、骇人。

"准备好了。"

博士点点头，大喊一声："跑！"二人向小巷飞奔而去，一群咆哮的外星寄生虫紧随其后。

5

【2789年6月10日，伦敦】

"我们现在怎么办？"艾米问。她坚定地扭过头，不去看那具尸体，上唇紧绷，看不出任何情绪。不过，罗瑞知道，眼前的女尸深深困扰着她。他也是同样的感觉。

罗瑞在尸体旁弯下腰，仔细在她口袋中翻找，想找出能解释她的遭遇的线索，找出是什么让她这样惨死在这里。眼眶淌血……他想不到任何医学上的解释。尽管对方衣服破损，似乎有过挣扎，但是身上好像没有伤口。

过了一会儿，罗瑞在她口袋里找到一张证件，说："这就是我们要找的格雷迪亚斯，塞莱丝汀·格雷迪亚斯教授。"他看着证件照片上那张笑容洋溢的漂亮脸庞，"我还以为……呃，会是……"

"……一个男人？"艾米接口道，"得了吧，承认就是了，你以为会是一个男人，不是吗？他脾气不好，胡子稀疏花白，连耳朵里都长出了毛发。"

"你不是这样想的吗？"

艾米耸耸肩，叹了口气，"我也是。"她话语中再没有了玩笑的意味，"但我绝对没想过会是眼前这样。我是说……看看她现在的样子，太惨了。"

"太可怜了。"罗瑞低沉地说，"现在我们知道那个全息投影说这里没人的原因了，严格意义上讲，它倒是没说错。"

"你觉得这会是她的实验出了问题吗？"艾米问。她神情严肃，之前的热情和欢快早已一扫而光。她脸色苍白，面露疲倦。罗瑞只希望博士那边动作快点，早点回来。

他耸耸肩，环视整个机库，然后说："我觉得是，不然，什么能让她眼睛流血，变成这样？"

罗瑞回头看看尸体，然后又把脸转开，不愿细看尸体的惨状。之前在医院工作时，他自然见过尸体——但那完全不一样。他很难说清楚原因。人们在医院里去世是完全不同的事。人们生病或是受伤后住院，要么活得下来，要么活不下来。医院里发生这种事情理所应当，有关生死的决定都可以在医院作出。

但是，在这里——这个奇怪、充满未来感的工作坊里，在一艘可以穿越时间的飞船的影子里，躺着一具尸体，就非常违和了。完全不可接受。

他心想：起码，它还没有开始腐烂。

罗瑞说:"我觉得,我们应该告知当局,可以去找那种箱子,请求帮助。"

艾米却摇了摇头,"我觉得那不是什么好主意。"

罗瑞皱眉,"怎么了?总好过站在一具二十八世纪科学家的尸体旁边吧。"话一出口,他便觉得自己讲这样一句轻浮的话很是愚蠢,但艾米却浅浅地笑了一下,知道他只是想让自己振作些。

"你想,我们不是这里的人,还私闯民宅,没人能证明我们的身份。全息投影告诉过我们格雷迪亚斯教授不在家,所以,这里一定有某种能追踪所有人的系统,而这个系统也识别不出我们是谁。在二十八世纪,我们是完全不存在的人。"

罗瑞理顺这其中的逻辑关系后,不禁又皱起了眉,"我们是私闯民宅发现尸体的陌生人,可能会被认为与她的死脱不了干系。"

艾米点点头,"如果导致她死亡的并不仅仅是这次失败的实验,那么……"

罗瑞耸耸肩,站起来,"好吧,你说得有道理。"他叹了口气,"那我们就在这里等博士回来?在这里,和一台奇怪的时间机器以及一具尸体一起。太棒了。"

艾米又点点头,"嗯,我们到楼上接待处那里等。博士应该很快就回来了。"

"他才刚离开几个小时。"

"他能穿越时空,你忘了吗?"艾米白眼一翻。

"好吧,可是他要怎么找到我们呢?"

艾米不假思索地摆摆手,朝楼梯走去。"他会找到我们的,他总是能找到我们。"说话间,她突然站住,不安地皱皱眉,"等一下,那是什么?"

"什么是什么?"罗瑞满脸疑惑地反问。

"嘘——"她招手示意他安静。不一会儿,脚下某个地方传来轻轻的叩击声。

"就是这个。"艾米尖声道。

罗瑞跪在地上,侧耳倾听下面的动静,然后说:"听起来好像有东西要从地下钻出来了。"

"这种实验应该不涉及钻探吧,你觉得呢?我可受不了脚下的地面再裂开一条口子的事了[1]。"艾米提心吊胆地后退几步,看自己所站之处是否有裂开的风险。

"不会的,"罗瑞满脸笑意,"但是你一直站在一块活板门上。"他仔细听了一分钟,那声音又响了——还是同样的叩击声,像是远处有人在用指关节不停地敲门。

"下面有人。"艾米说,"有人被困在下面了。"说完,她蹲下身,沿着地上活板门的边缘摸索一圈。那活板门看上去就像

---

1. 详见新版《神秘博士》剧集第五季第八集《饥渴之土》。

在机库的混凝土地面上切割出了一个方框。"怎么打开它呢?连把手都没有。"

罗瑞脚步拖沓地晃过去,在艾米身边跪下,伸手拦住她,"等等,你有没有想过,那里面的东西或许是我们不想见到的?"

艾米疑惑地看了他一眼,"什么意思?"

"他们可能并不是无缘无故被关起来的。如果格雷迪亚斯教授那副模样正是拜他们所赐呢?"

艾米顿了一下,摇摇头,"不行,我们必须得冒这险。罗瑞,我们不能就这样眼睁睁看着有人被困在下面还视若无睹。无罪推定嘛。"她又继续沿着活板门的边缘开始摸索,想找到能打开它的办法,边找边说:"唉,要是博士在就好了,可以试试音速起子。这肯定是某种复杂的锁。"

"你有试过……"罗瑞弯下身,按动活板门最右边的一角。咔嗒一声,门弹开了,"……这样吗?"他说完原地坐下,有些沾沾自喜。不过,要是刚才表现得费力些,可能会更好。

艾米伸手顺着铰链小心地将活板门向后推,那铰链嘎吱作响,像在抗议。她将门板折回去,随着砰的一声巨响,门撞到了地面。

罗瑞朝洞里看去,除了黑黢黢的一片,什么都看不到。下面吹来一阵阴风,让罗瑞后背一凉。"可能我们搞错了?我们幻听了？说不定是旧管道发出的声音，也可能……"说话间，洞里突然冒出一个脑袋，吓得艾米尖叫一声连连后退，罗瑞也惊慌地大喊一声。他赶紧站起来，在附近的工作台上乱摸一通，想找个能用来防身的物件。一片慌乱中，他抓起离自己最近的工具举在面前，用自以为极具威胁性的方式挥舞了几下。

那个脑袋赶紧说了句话："请别慌。"——那是一种明显带有机械感的低沉男性嗓音，罗瑞后退几步，一时间没反应过来发生了什么。他的心脏怦怦直跳，像是要从嗓子眼儿中蹦出来。

那是一个人工智能机器人的头——就是这座城市中到处都有的那种人工智能设备。它和罗瑞、艾米二人面面相觑，然后扭头看看机库。它眨眨眼睛，这种将人类姿态模仿得惟妙惟肖的能力，让罗瑞大为惊叹。

近距离观看之下，人工智能表皮的合成质感非常明显，那是白色的橡胶状物，不会像人类的面部那样有微妙的色调变化。它的眉毛和睫毛根根精雕细琢，头顶光洁无瑕。它完美得不太真实，理想得不像现实中的人类。不过，它的眼睛和罗瑞的一样生机勃勃，那双明亮的蓝眼睛不停地转来转去，真要说的话，似乎有点焦虑。

罗瑞紧紧攥着刚才摸到的工具，像拿着武器一样，希望自己至少在架势上足以自卫。

"三角板？认真的吗？"艾米用难以置信而非害怕的语气问

道,"有那么多可以拿的武器,你偏偏挑中了三角板?"

罗瑞低头看了一眼手中拿着的东西,面色狼狈。一块三角板,哈,真有用!他耸耸肩,依然很有威慑力地拿它冲着人工智能挥舞,"用三角板也一样可以砸烂东西。"他如是说道,但一点也不让人信服。

"它们走了吗?"人工智能问道,显然没把罗瑞放在眼里。

"谁走了?"艾米反问。她弯下腰,像是要仔细研究一下这个机器人的脸部。在罗瑞看来,她离那个人工智能太近了,让他很是不安。

"看样子已经走了。"说完,它突然扭动身体,左手从洞里伸出来,抠住艾米脚边的地板。橡胶做的手指在混凝土地面来回摸索,寻找支点。

艾米后退几步,避免被它细长的手指碰到。她紧张地看向罗瑞,后者琢磨着要不要冲过去,用三角板狠戳那几根手指头,但他意识到这样并不能改变当前的局势,况且它已经碰不到艾米了。

过了一会儿,它停下手上的动作,抬头看向罗瑞说:"能请您帮忙,把我从检修坑道中拽出来吗?"

"呃……"罗瑞并不确定是否应该答应它。

艾米瞪了犹豫不决的罗瑞一眼,然后冲人工智能点点头,眼里满是尴尬。她用口型对罗瑞说了句"来啊",但是罗瑞毫无反应。她只好叹了口气,摇摇头,向前走了几步,抓住人工智能伸出的手臂。一向大大咧咧的她，现在却小心翼翼。

"哦，好，我来了。"罗瑞这才反应过来，结结巴巴地应着。他扔下三角板向前走去，战战兢兢地把手探进坑道，害怕黑暗中会有什么东西突然出现，咬他一口。他的手摸到人工智能的另一只手臂。那手臂摸上去冰凉柔软，但是他也能感觉到对方皮肤下坚硬的骨骼。罗瑞断定，自己绝不想与之为敌。

罗瑞站在坑道口的另一侧，看向艾米问："准备好了吗？"她点点头。

"一、二、三……"

二人努力拽着这个人造人，罗瑞用尽全力，踉踉跄跄后退，不一会儿，他重重地向后摔去，艾米也"哎呀"一声栽倒在地，而机器人仍有一半卡在洞里没出来，双腿都悬吊在空中。罗瑞放开它的胳膊，它双手牢牢抓住地面，靠自己艰难地爬了出来。

"不管……你是个……什么东西，"罗瑞气喘吁吁地说道，"都……太重了……"

人工智能费劲地站起来，拍拍身上的灰尘，它大概有两米多高，穿着黑裤子、白衬衫，衬衫上满是尘土。它说："我是RVN-73，格雷迪亚斯教授的私人助手。感谢你们的帮助。"

"RVN-73。"艾米重复几遍，"RVN……RVN……就叫你阿尔文吧！"她冲人工智能一笑，"你好，阿尔文。"

罗瑞无奈地摇摇头，人工智能则是疑惑不解地皱起了眉，问道:"格雷迪亚斯教授呢?"它语气严肃。

艾米收起笑容,摇头道:"就在你身后,但她没能活下来。"

阿尔文转向那艘飞船。罗瑞满脑子还在想"阿尔文"这个名字,却看到对方背上被撕开了一道大口子,衬衣也被扯破,橡胶表皮撕开,金属骨架全都暴露在外。

人工智能走到格雷迪亚斯教授的尸体旁,她的尸体就像一个被人丢弃的布娃娃一样躺在地上。"你们人类的身体太脆弱了,我想要帮她……阻止它们,可是它们对她的心智做了什么。"

阿尔文顿了顿,像是在整理自己的思绪。它的眼神有些忧虑,看向自己的女主人时,脸上浮现出无限的悲伤。罗瑞分不清它只是在表示尊重,还是有别的什么情感。或许这个人工智能真的具有人类的情感,或者说,至少可以生动地模仿出来。

"当它们发现我不是人类后,就想把我撕成碎片。它们从四面八方向我扑来,堵上所有出口,我只能躲进检修坑道,把自己关在里面。后来我才意识到,这个门从里面打不开。"

"你在下面待了多久?"罗瑞问。

"一天,也可能不止一天了。"

"你刚才说,它们对她的心智做了什么?"艾米又问。

阿尔文点点头说:"我听到她喊的最后一句话是,让它们'从她脑子里滚出去'。"

艾米看着罗瑞,"博士说过,蜂暴是以精神力量为食的寄生生物。"

"博士?"阿尔文问。

"他是……一位朋友。"罗瑞含糊地答了一句。

"所以,格雷迪亚斯教授在进行与时间旅行相关的试验?"艾米继续问道。

"没错,但你是怎么知道的?你们究竟是谁?"阿尔文一脸困惑。

"我是艾米,这位是罗瑞,我们是……算了,这不重要。重要的是,那些试验可能就是这些生物出现在此的肇因。"

"但博士说,蜂暴感染的是过去的时间。"罗瑞说。

艾米耸了耸肩,"看样子,它也感染了这个时间点。"说着,她指了指地上的尸体,"证据不言自明。"

"所以,怪物也在这里,而博士回到1910年去找它们,把我们丢在这儿,这个有怪物出现的地方。"罗瑞又说了一遍"怪物"这个词,以防第一次提及时艾米没有听到。

他们身后忽然传来一阵响动,罗瑞、艾米和阿尔文同时转向声音传来的方向。眼前的一幕,让罗瑞目瞪口呆。

楼梯下方,一只长相怪异的两足动物正看着他们。它瘦得几乎只剩骨架,长着灰色的革质皮肤,朱红色的眼睛里透出明显的恶意。它的肘部和胸腔之间垂着一层肉膜,胸廓就像肉质的斗篷。它故意使劲嗅着空气,向上翘起的鼻子不停地抽动。它用细长的手指敲打金属栏杆,以示威胁。

罗瑞看向它时,它露出针一样的尖牙,冲他们发出嘶嘶声。罗瑞觉得,这声音就像阴险的奸笑。它身后传来一阵爪子踏在金属楼梯上的声音,显然,这里不止一只蜂暴。

"它们还在这儿,"阿尔文压低声音说,"到我身后来。"

"我就知道我们应该先上楼看看!"罗瑞伸手捡起刚刚扔下的三角板,朝离自己最近的蜂暴砸去,惹得对方愤怒地高声叫喊,将三角板拍向一边,然后张牙舞爪地大步向前。

罗瑞后颈上的汗毛因为害怕而刺得生疼。他们已经无处可躲。出去的路被群聚的外星生物彻底堵上了。他看到它们蜂拥着挤下楼梯,如洪水般向机库袭来。

他必须保证艾米的安全。他必须有所行动。如果教授的遭遇和这群生物相关,那么他一定要让自己的妻子离它们越远越好。

但是,楼梯是机库唯一的出口,不管怎么看,他们都被困在这里了。

罗瑞深吸一口气,视线一直锁定在蜂暴身上,蜂暴却缓缓走进机库,似乎是知道里面的人根本无路可逃,所以不紧不慢,不时挥动凶残的爪子。罗瑞知道自己抵挡不了多长时间,更糟糕的是,他感到脑袋深处蔓延出一阵疼痛,像严重的头疼,又像有什么东西在撩拨他的每一寸思绪,想将其撬开,释放出来。

"我们,是,蜂暴。"这些生物嘶嘶地说着,刺耳的声音很不自然,"我们,即将,享用,盛宴。"

"那个坑道!"艾米大声喊道,"我们可以躲进坑道里!"她正要过去,阿尔文一把拉住她的手腕,把她拽到自己面前。

"不行,里面打不开门,进去就出不来了。那里没有食物和水,要是没人进来,你们会死在里面。"

"哦,真是太棒了。"罗瑞走向前,准备迎接即将到来的攻击,"所以,我们要么饿死,要么就等着这些跨维度寄生虫吸干我们的脑子。"

"那这里呢?"艾米又喊了一声,她一直退到自己的手碰到飞船机身才停下。她跨过教授尸体时,龇了一下牙,又转头看向开着的舱口,"快来!"

"你在开玩笑吧!"罗瑞咬牙道,"我们一样会被困在里面!"头痛深深折磨着他,他的眼睛开始肿胀,眼压也在升高,就像在经历有生以来最严重的偏头痛。他头脑深处的阵痛好像头骨里有什么东西在拼命往外跑。他不禁痛苦地发出一声低吟。

"我们也没有其他选择了!"艾米孤注一掷地回答。

阿尔文毫无征兆地突然向前一步,抓住罗瑞的肩膀用力将他推向飞船。罗瑞踉跄几步险些摔倒,幸好抓住了舱口边缘,跌跌撞撞地进到里面。

"我来拖住它们。"人工智能说。与此同时,艾米把罗瑞拽到了飞船里的安全位置。

楼梯下已站满蜂暴,大约五六只,可能还不止,它们把出口堵得严严实实。"你们,无处,可逃……蜂暴,将吃光,所有……蜂巢,将在,这里,筑成……蜂巢,即将,显现……我们,即将,享用,盛宴。"

罗瑞使劲摇摇头,想要摆脱疼痛和困惑。他看到艾米也遭受着同样的折磨,她痛苦地抓着头,想要阻止疼痛蔓延。似乎只有人造人阿尔文没有受到这些生物的精神掠夺。

领头的蜂暴冲向阿尔文,张开膜翼,愤怒地尖叫着,将利爪深深刺入它的胸口。

"阿尔文!"艾米尖叫一声,艰难地挤到开着的舱口。罗瑞一把抓住她,把她拽回到船舱中间,不想让她落入那些外星生物手中。

"我们得关门了!"

"不行!我们得和阿尔文一起走!"她死死抓着舱口边缘。

人工智能和蜂暴胶着地搏斗着,努力挡住那些想将它撕裂的手臂。它用力抱住一只蜂暴的腰,猛地发力,将它高举过头顶,重重摔在地上。被扔在地上的蜂暴愤怒地嘶吼着,徒劳地拍打已经折断的胳膊,想爬起来。

剩下的蜂暴像约好了般全部向前冲来,瞬间将阿尔文吞没。

"阿尔文!"艾米大喊一声。

她没有听到对方的回应,只有蜂暴袭击人工智能时发出的尖叫声。

艾米骂骂咧咧地挣脱罗瑞,从飞船上纵身扑出,跳回机库。

"艾米!"罗瑞沮丧地喊她,"艾米,快回来!"

艾米没有理他,用胳膊挡着脸,朝那些乱挥的手臂冲过去。阿尔文正努力自卫,突然感到胳膊被人抓住,它惊讶地扭头,看了一眼艾米。罗瑞惊恐地看到,它脸上一半的胶皮已被抓掉,一块块挂在左眼下方,明亮的钢架暴露在外。

"快走!"艾米冲人造人大喊一声,努力把他拽向飞船。阿尔文似乎注入了新的活力,又与蜂暴搏斗起来。它将肩上的一只蜂暴扯下,踢飞了另一只想扭下自己左腿的家伙。

罗瑞站起来,也下了飞船,他赶忙跑到艾米身边,把她塞回舱内,自己也紧随其后。就在这时,一只蜂暴跳到阿尔文背上,膜翼一直拍打着它的脸和手,人造人拼命扭动,想从中挣脱。

阿尔文挫败地呻吟一声,那只蜂暴的爪子把它另一边的胶皮也扯了下来。它立刻转身,后背撞向船身,把蜂暴压住,让蜂暴松开了爪子。它抓住这短暂的喘息机会,一头扎进舱口,还差点压到罗瑞,后者赶紧跳到一边才没有被撞倒。

艾米赶紧抓住门,砰的一声关上,一只蜂暴正好将爪子伸进来,被夹住了手腕。它在门口尖叫拍打,爪子痉挛般一开一合。艾米抬起门重新关上,这次,那只蜂暴抽回了受伤的胳膊,在门外哀号。

门咔嗒一声关上,他们陷入了一片黑暗。

他们站在时间飞船里喘气。船舱中唯一的光亮是阿尔文眼中闪烁的微光,那白色的亮光来来回回,在黑暗中研究着艾米和罗瑞的脸。罗瑞不知道人工智能在黑暗中是否看得见,抑或它只是感受得到二人的位置,其实不知道该看哪里。

"你受伤了吗?"艾米问。她的声音还在颤抖。

"我感觉不到疼痛。"阿尔文回答。罗瑞似乎在对方语气中听出了点东西——可能是焦虑吧。机器可能无法感到疼痛,但它确实心怀不安。

外面的蜂暴仍在用力击打飞船外壳,利爪在抛光的金属板上刮出巨大的噪音。还有几只蜂暴重重地敲击、摇晃着飞船,想闯进来。罗瑞觉得,自己就像罐头里的沙丁鱼,只等有人打开铝罐,把自己抓出去当晚餐。这想法让他更不自在了。

"这还真是没想到呢。"罗瑞语气里满是嫌弃。

艾米紧张地笑笑,搂紧他的胳膊说:"希望博士能走运一些。"

罗瑞则希望艾米没有感到自己在发抖。他依然头痛,总觉得有什么东西在脑子里爬来爬去,就像有只蜘蛛在细细翻看自己的思想,这让他很不安,不停地哆嗦。

两人说话时,罗瑞看到阿尔文的视线跟着他们来回闪动。

"这是一艘时间飞船,对吧?"艾米问人工智能。

"是的,虽然它只是一个实验模型,但也已经进行过穿越几分钟的短途测试了。"

"它比塔迪斯小多了。"罗瑞说,他一直靠着舱壁弓身站着,这样头才不会撞到弧形的舱顶。

突然,一阵可怕的哐当声响起,整艘飞船都剧烈地晃动起来。"怎么……"罗瑞的话还没说完,又一声巨响传来,紧接着又是一下。显然,蜂暴已经从工作台上随便抓起一些工具,砸向飞船外壳。

阿尔文说:"它们要闯进来了,它们准备破船而入。"

"它们做得到吗?"罗瑞问。

"只是时间问题。"阿尔文给出了肯定的回答,"它们数量众多,强壮有力……"

艾米放开一直抓着罗瑞胳膊的手,"那我们只能想办法驾驶这艘飞船,乘它离开这儿,这是唯一的出路。"

黑暗中,阿尔文再次看向艾米,这场景奇异得让人不安——就像看到两颗小卫星在漆黑的海洋中旋转一般。"我可以驾驶这艘飞船。"它以一贯单调的语气说。

"那你还在等什么?"艾米回答,她的声音也恢复了以往标志性的自信,"带我去1910年吧,RVN-73先生,10月16日!"

阿尔文看向罗瑞,眼神中仍有疑问。

"最好听她的,"罗瑞咧嘴一笑,"我是绝对不想和她对着干的。"

"喂!"艾米开玩笑地拍了一下他的胳膊。

"我必须警告你们,这艘船还没有进行过载人测试,"阿尔文说,"风险很大。"

罗瑞看了一眼艾米,但黑暗让他看不清她的表情。飞船周围又响起了一阵当当声,外面的蜂暴仍想破船而入。罗瑞可以听到它们爬上船体的声音,想象着它们的獠牙在机库灯光下闪闪发光的画面。"再拖五分钟,也就无人可载了。"他说。

艾米若无其事地说:"再说了,时间旅行什么的,我们早就习惯了……"

"很好,"阿尔文说着站了起来,这时,船身猛烈地晃动了几下,它靠着舱壁站稳,然后慢慢钻过狭小的空间,向飞船前面走去,不一会儿就不见了。

罗瑞和艾米一言不发,听着头顶上方蜂暴的擦刮声。"会没事的。"罗瑞说。与其说他是想宽慰艾米,倒不如说他是在竭力说服自己。

几秒钟后,飞船里四处闪起红灯,把一切都染成令人不安的血红色。罗瑞顺着这艘小飞船的龙骨看去,发现它基本是空的,除了垂下的电线和一排排开关,再无他物。阿尔文已经坐在最前方驾驶员的位置——一个矮矮的靠背座椅上,系好安全带,忙着操作各种控件,时而敲敲屏幕,时而拨动旋钮。对于一件二十八世纪的发明来说,这飞船似乎不怎么高科技。

罗瑞看向艾米,尽管她刚才还比较勇敢,但现在也露出了担心的模样。他握住她的手。

"只能这样了。"艾米说。

罗瑞向她微微一笑,"不知道这飞船坐起来会不会像塔迪斯一样惊险。"

艾米回答:"我也不确定,毕竟操作者不是博士。"

罗瑞握紧她的手,"至少我们还在一起。"

"抓紧了!"阿尔文冲他们喊道。飞船剧烈晃动起来,像在渐渐加速。船身的金属板震动起来,咯吱作响。罗瑞一把抓住悬在半空的电线,稳住自己。他还听到了蜂暴被甩出去时的尖叫。

"哇啊啊啊啊——"艾米尖叫着攥紧罗瑞的手,她的喊声最终消失在一声砰然巨响中。飞船在时空中撕开一条裂隙,一头扎进不断打旋的蓝灰色旋涡中。

罗瑞紧闭双眼,拉紧艾米的手。

但愿博士在终点处等着他们。

6

【1910年10月16日,伦敦】

"好吧,博士,不得不承认,你要带那把神奇起子的决定是对的,幸亏你一直带着。"安吉克里斯特教授坐在敞篷车副驾上喘气。汽车在凌晨的街道上飞驰,他四下寻找空中是否有蜂暴活动的痕迹,这些怪物可追了他们半个小时。

此前,他们在错综复杂、雾气笼罩的大街小巷中像无头苍蝇般跑了好几英里,蜂暴紧追在后。安吉克里斯特带路,他肾上腺素飙升,不停催促后面的博士跟上。他们绕来绕去,时而遇到刚从酒吧出来、醉倒在鹅卵石小路的酒鬼,时而遇到裹着破衣烂衫御寒的弓腰驼背的流浪汉,还无视了一名着装整齐、大喊"站住"的警察。最终,他们成功摆脱蜂暴,透过雾气看到了安吉克里斯特的汽车,博士惊喜地叫了一声。

安吉克里斯特无可奈何地叹了口气,径直坐在副驾驶的位置上,再次将驾驶座让给博士。

尽管眼下并没有蜂暴的踪迹,但是教授总觉得这些怪物不会善罢甘休。穿梭于雾气笼罩的街道时,他一直警惕地看着灰色的天穹,担心那些生物在下一刻就会扑过来。

方向盘后的博士不知在沉思什么,他眉头紧蹙,全神贯注。如果安吉克里斯特教授认识他的这几个小时足以作为判断依据,他觉得博士现在似乎异常消沉。

教授在脑海中一遍遍回顾和蜂暴交手的场景。这种生物的天性和其表现出的智力水平,比自己预想的更令人不安。如果它们只是普通动物,对付起来可能容易些。但现在看来,它们实际上是有知觉和一定智力水平的生物……这完全改变了教授的设想。

他盯着前方的路面,汽车飞驰而过,道路两侧纤细的树枝在雾气中若隐若现。浓雾似乎让一切都失了真,它侵蚀着一切,让城市硬朗的线条柔和了许多。

过了一会儿,他问博士:"博士,为什么蜂暴是那样讲话的?挨个儿接着对方的话说。"

"这就表明蜂巢越来越强大了。"博士大声喊道,努力压过风声,同时加大油门,以最快的速度穿过空无一人的街道,"很诡异,不是吗?"

"是啊。"安吉克里斯特不禁哆嗦一下,说的话随即被风吹散。他不知道现在几点,是已经很晚,还是时候尚早,看你怎么想了。他突然惊讶地意识到,他还不知道博士要带自己去哪里。

"蜂暴不仅仅是蜂巢动物。"博士解释道,安吉克里斯特得凑近一些才听得清。"蜂暴和黄蜂或蜜蜂不同,它们复杂得多,也更聪明。它们有蜂巢思维,其本质是一个完整的有机体,但具有多个独立身体。单个蜂暴虽然危险,但它只是没有思维的动物,一具躯壳,其存在的意义只是为蜂巢寻找食物、捕猎,拼命吞食精神力量。"

博士瞥了教授一眼,看他是否跟得上,安吉克里斯特点点头让他继续。

"蜂巢思维可以分散到每个个体中,使其成为构成整体的一小部分。三个以上的个体聚在一起,就可以与之交流。如果是我们今晚看到的那种群体,基本上就是其神经系统中完整独立的一部分了,也就是构成庞杂而精密的大脑的部件。"博士解释这些时,目不斜视地看着路面。安吉克里斯特觉得,博士这样仔细地探讨,既是在解释给他听,也是在为自己理清思路,试着从不同的角度看待眼前的问题。

"真不可思议。"安吉克里斯特说。他很难想象世间竟能进化出如此怪异又令人着迷的物种。但它们确实存在,而且悄然侵入了自己的世界。

"蜂暴在新的地方出现时,会先派出侦察员——也就是一群工蜂——进行侦察。它们本质上是寄生生物,四处寻找可供吸食的新能源。要是它们找到地球这种精神力量丰富的世界,数量就会快速增加。蜂巢会通过裂缝拥来，散布在工蜂周围。其数量越多，力量就越强，最终，蜂巢思维会完整地出现在这颗星球上。"

"然后呢？"

"然后，它们就开始'享用盛宴'。"

安吉克里斯特的身体禁不住抖了抖。这不正是那些生物说的"我们是蜂暴，我们即将享用盛宴"吗？它们倒是毫不掩饰自己的意图。

"我们之前看到的那艘船……就是它让蜂暴找到了通往地球的路吗？"

"这场蜂暴的中心，没错。就不该造出那艘船来。"博士叹了口气，"你们人类啊，真的是很有天赋的物种。只要有工具，就能造出点东西。不惜一切、不计后果。因为它摆在那里，就一定要去做；面前有座山，就一定要爬上去。"博士说着，对他笑了笑，"教授，正因为如此，你们才有别于其他星球上的绝大多数智慧生物。真是无与伦比。不过，你们有时候或许有些粗心大意。"

"你们人类"这个说法让安吉克里斯特吞了吞口水。他忽然觉得口干舌燥。这才是博士如此了解蜂暴、了解地球之外丰富多彩的宇宙的原因吧。他本以为博士来自未来，这就够他消化的了，然而，不仅如此，对方甚至不是人类。他那位朋友呢？他在蜂暴的利爪下发现了她的连帽衫。那件衣服还在后座上，深色的皮座上放着这样一件红色衣服很是显眼。她也来自外星吗？

"博士，艾米是谁？"问题脱口而出，不过，话音刚落，安吉克里斯特就低声咒骂起自己——他看得出来，博士很关心她的安危。

博士目不转睛地看着道路，平静地说："一位朋友。"安吉克里斯特决定不再追问。

"我不明白的是，为什么军队还没有调动起来？这些生物已经遍布整座城市，到处出击——一定有人注意到了吧？但连警察都还没有行动。"

"哦，那是精神抑制场的作用。"博士说。

"什么？"安吉克里斯特不解地问道。

"蜂暴是一种与精神有关的生物，教授。它们吸取精神力量为食，同时也会操控精神。它们就是这样捕猎的——抑制受害者的感知能力，直到最后一刻。这样，它们就能悄然靠近猎物，进行突袭。"

安吉克里斯特听得浑身一抖，"也就是说，在它们发起攻击前，都是看不到的？"

"对，城里可能已经有上百——甚至上千只——蜂暴了，但是人类并不知道，等大家知道，已经来不及了。另外，它们的数量越多，力量越强大，越不会为人察觉。"

"那我呢,博士,为什么我可以看到它们?"

博士转向他笑了笑,安吉克里斯特却不禁觉得他还是一直看着路比较好。"嗯,那是因为你想看见它们。"博士说,"因为你思想开放,不受局限。你之前也见过类似蜂暴的生物,所以敢于承认它们的存在。证据摆在你面前时,你不会找其他理由搪塞自己,所以蜂暴拿你没办法。它们无法利用无知和害怕来干扰你,但是可以借此对付其他人。大多数人都想不到,日常生活中的暗处竟隐藏着怪物。他们不会往这方面去想,蜂暴则利用这一点,让他们看不到自己。但教授你……你不一样,你知道黑暗中藏着东西。"

博士重新把注意力放回路上,安吉克里斯特则思忖着博士刚刚说的话。"来自另一个维度、几乎看不到的怪物。"这个概念既荒谬又可怕,让人一点都高兴不起来。算了,他累得很,还要努力克制打哈欠的冲动,"博士,如果你是要返回实验室,恐怕绕远路了。"

博士又笑了笑,"我得先去个地方,教授。我要去我自己的飞船那里。"

安吉克里斯特点点头,向后往座椅上一靠,用外套裹紧自己。看来今晚他睡不了了,不过,他并不在乎。

"我确实把它留在这附近的某个地方了啊……"博士咕哝

着,在河边大步前进,目标明确地穿过朦胧的雾气。

"你的飞船长什么样,博士?"安吉克里斯特努力跟上博士的脚步,"和我们在那所房子后面看到的飞船差不多吗?"

"它是一个盒子,"博士摇摇头,"一个蓝盒子,很大的蓝盒子。"他亲昵一笑,"上面写着'警用电话亭'。"

安吉克里斯特扬起一边眉毛,"警用?"

博士毫不在意地挥挥手,"嗯,说来话长,以后有时间再说吧。"博士停住脚步,看上去若有所思,过了一会儿又匆匆出发。"这里,"他话音未落,身影已消失在一条狭窄的小路上,"然后是这里……"博士走在空无一人、雾气弥漫的街道上,说话声越来越小,安吉克里斯特只能根据他的脚步声判断他的方位,继而跟上他。"然后……啊。"脚步声戛然而止,博士顿了一下,才说:"呃,这可不是我想看到的。"

安吉克里斯特追了上去,转过弯看到博士站在长长小巷的一头,"博士,怎么了?你看到什么了?"

他顺着博士的目光看去,那问题很快显得多余——小巷的另一头有一个高高的蓝盒子,正是博士之前描述的样子。只是,它外面爬满扭动的蜂暴,几乎完全被埋没了。这群蜂暴大概有十到十二只,似乎完全没有注意到博士和安吉克里斯特的存在。

"有趣。"博士说,"似乎它们都被吸引来了,可能是感应到了这里隐藏的时间能量,所以蜂拥至此。它对它们而言就跟猫薄荷似的，让它们飞蛾扑火般拥来。"然后，博士转向安吉克里斯特教授，"寄生生物就是这样，总是在寻找下次出击的机会。这么久以来，它们一直被困在现实的另一侧，早学会了在可能突破空间限制或有特定能量信号的地方筑巢。塔迪斯恰恰充满那种能量，还不断向外释放。蜂暴一直流连在那艘时间飞船附近，也是同样的道理。"

对安吉克里斯特而言，这些话的信息量实在太大，他已经听不懂博士在讲什么，所以决定只专注于自己听懂的那点内容。"博士，你准备怎么办？用你的音速设备'嗖嗖'赶走它们吗？"面对这么多蜂暴，他不禁有点紧张。他们已经花了大半个晚上来躲开这些东西，好不容易到这里，却发现面前的蜂暴更多。他已经筋疲力尽，如果还要跑下去，不知道能否提起劲来。

博士摇头否定，"它们会想出对策的，毕竟它们的数量已经很多了。我得试试——"博士突然惊叫一声，有什么东西从身后抓住他往后拖去。音速起子当啷一声掉在鹅卵石路面上。安吉克里斯特吓了一跳，回头见一只蜂暴不知什么时候悄悄绕到后面，细长的手指扼住了博士的喉咙。

附近有几只蜂暴，或是爬在博士的飞船上，或是埋伏在小巷的另一端——此时都唰的一下齐齐转过头来，红色的眼睛看向安吉克里斯特的方向。

"蜂巢思维。"安吉克里斯特想到这个词，心中一阵害怕，一时间呆立原地,不知道该做什么,"它能看到我,它正通过这些眼睛死死盯着我。"

小巷另一头,博士正奋力挣扎,双手紧紧抓着蜂暴的爪子,想把它从自己脖子上撬开。蜂巢思维触碰到博士精神的边缘时,那只蜂暴高兴地尖叫起来,脸上露出狂喜。

"你。"它蹦出一个字。

"应该。"他们头上又传来一个词。

随后,蜂暴们用那种断断续续的怪异语调讲完了整句话:"成为,我们的,食物……你的,精神,很丰富……你,和,这个,世界,的人,不同。"

"不!"博士在喘气的间隙嚷道。安吉克里斯特看到博士左眼眼角落下一滴暗红的血液,顺着脸颊流了下来。

他必须做点什么。他知道其他几只蜂暴很快就会逼近自己。肉搏是赢不了这些怪物的,自己这把老骨头根本挡不住它们的攻击,至少说寡不敌众。他得好好想想,要是博士会怎么办?

安吉克里斯特看到博士的音速起子就掉在几步开外。那是他唯一的希望。不管蜂暴是否已经有了应对措施,他只能一试。至少这样可能为他们赢得逃跑的时间。

他深吸一口气,扑向地面,笨拙地滚了一圈,有些喘不上气,然后一把抓起音速起子。这时一只蜂暴从天而降,教授又滚了一圈,和蜂暴的利爪擦身而过。

教授翻了个身，仰面躺着，像拿着护身符一样将音速起子高高举起，按下按钮，但愿它能管用。

设备发出熟悉的嗡嗡声，但一时间什么都没发生。过了一会儿，安吉克里斯特周围的所有蜂暴都疯了一样地摇起头，愤怒又难受地尖叫着，双手用力敲打太阳穴，像是要把这声音赶走。刚才在他身旁不远处站着的一只蜂暴惨叫一声跪倒在地，教授趁机爬起来，尽力稳住呼吸。他感到头重脚轻，但是比刚才清醒，之前的疲惫感一扫而光。

袭击博士的那只蜂暴也同样扭动着身体，企图摆脱这种声音，博士终于挣开，一把推向它。那只蜂暴摔在地上，又是打滚又是呻吟。

"别松手，一直按着按钮。"博士说着，轻轻拍了拍自己的脸。他看起来忧心忡忡，安吉克里斯特不知道那是因为刚刚蜂暴侵入了他的思想，还是因为音速起子所做的事。他从未见过一个人像关心自己的安危一样关心敌人的好坏。

"我们得离开这儿，"博士说，"它们太多了。"

"那飞船呢？"

"让塔迪斯再等等吧。快走！"

安吉克里斯特按着按钮，不断后退，绕开那群丧失行动能力的蜂暴，走出巷口，钻进雾气缭绕的街道。

安吉克里斯特将一只茶盘放在博士面前的桌子上,"博士,喝吧,提神的茶。喝口茶总是有用的,就算是现在这种情况,也不妨试试。"

博士开心地伸手拿过那把已经有些年头的陶土茶壶。其表面并不光滑,上面刻有一些图案和短短的两行梵文。它是安吉克里斯特最珍爱的物件之一,是他在差不多十年前的某次冒险时得来的。

"这就是英国人解决一切问题的办法,不是吗?"博士笑道。安吉克里斯特倒了些牛奶,博士将热乎乎的棕红色液体倒入两个茶杯。"一杯好茶解千愁。教授,你说得对。它好像确实让一切都变美好了些。"

安吉克里斯特笑了笑,"那我们现在怎么办?"说着,他放松地靠进椅子里。他觉得非常累,那种疲惫感已经侵入骨髓,眼皮也越来越重,就要睁不开了。现在,他们回来了,回到了实验室,晚上的经历似乎已经颇为久远,像是自己的幻想,又像是发生在别人身上的事情。现在,他周围的一切既熟悉又安逸,他回家了,很安全,几乎不敢相信昨晚的所见所闻,那太不可思议了。要不是对面还坐着那个怪人,那个从另一个世界来的疯狂家伙,安吉克里斯特一定会认为自己疯了。

"蜂巢的力量越来越强大,"博士话题一转,打破了安吉克里斯特的幻想,"我们必须阻止它。"

"可是,要怎么做呢,博士?连你都不是它们的对手。一个普通人加上一把起子,能做到的也只有这么多。"

博士呷了一小口茶,笑道:"我倒不担心这个,一个人加上一把起子能做到的事情远超你的想象。肯花心思的话,一个人可以用起子拯救宇宙。况且……"他咧嘴一笑,"不是还有你帮我留心周围的动向吗?"博士说完,把茶杯放在两人中间的桌子上,"现在,在我们采取下一步行动前,我有很重要的问题要问你。"

"嗯?我一定知无不言。"安吉克里斯特期待地探身过去。

"有蛋奶糊吗?"博士说着,双手一搓,"我觉得,茶配蛋奶糊才会更好喝。"

安吉克里斯特不禁哈哈大笑起来。

博士不明所以地跟着笑了笑,似乎并不觉得这是句玩笑。"好吧……"他遗憾地说,"没有蛋奶糊,不过我或许用得上这里的某些东西。"博士看了一眼工作台和书架,上面堆着各种奇怪的机械装置、木制人偶和各式零碎,"到处都是能用的部件。"

"请自便,博士。"

"真棒!"博士兴奋地大喊一声,立刻像打了鸡血一般从椅子上弹了起来。他胳膊一扫,将桌子上的一摞文件推到地上,腾出空间。安吉克里斯特竭力无视这一片混乱。"恐怕得花点时间。"博士说罢,转头消失在实验室另一头的一堆箱子后面。安吉克里斯特只听到他在那堆零件和设备中翻找东西发出的窸窣声。

然后,他应该就睡着了,因为那之后的事他就都不知道了。醒来后他才意识到,阳光已经从窗户照射进来,而博士正挽着袖子在给他倒茶,"啊,你醒啦。"

安吉克里斯特睡眼惺忪地眨眨眼,不好意思地说:"啊,对不起,我肯定睡着了。"他揉揉睡僵的后颈,向前坐正,想要弄明白自己在哪儿。

博士面带笑容地递给他一个瓷杯。桌上摆了个奇怪的装置,它有人头那么大,明显由各类废旧机械零件和铜线组成。安吉克里斯特完全看不出这是什么东西,但一看就不太专业。无论博士是干什么的,他一定不是出色的工程师。

博士双手举起这个设备,喜笑颜开,似乎对自己颇为满意。他说:"不是我吹牛,虽然从审美上讲,它称不上最赏心悦目的,但考虑到现在的处境,我觉得它已经相当漂亮了。"

教授差点把茶喷出来,他绝对不会用"漂亮"这个词来形容博士的作品。"这是什么东西?"

"放大器!"博士兴致勃勃地解释,"可以增强音速起子的信号,扩大范围。只要能困住那些恼人的蜂暴,我就可以回塔迪斯了。至少可以困住它们一小会儿。"

安吉克里斯特点点头,"你为什么要回到飞船上?"

博士说:"塔迪斯上的工具可以让我搞清楚问题的严重程度和裂缝的大小,这样我才能知道怎么把它合上。但首先,我们还有其他事情要做。"

"吃早饭?"

博士摇摇头,"不,比那重要多了。那艘时间飞船的残骸上并没有人,只有一件被撕碎的红色连帽衫。"

安吉克里斯特把空茶杯放在椅子扶手上,"这肯定是好事,对吧?因为这意味着他们摆脱了蜂暴?"

"没错。这是好事。真的很好。"

"那……"安吉克里斯特不解道。

"它意味着一件事,教授——艾米和罗瑞在这里,1910年的某个地方,而且他们都身处险境。"

"可是,怎么才能找到他们呢?"安吉克里斯特说着,眉头紧锁,"我们完全不知道该从哪里开始找。他们可能在任何地方。"

"哦,那倒不难。"博士像顽皮的孩子一样笑着说,"不管什么时候,只要你想找到艾米·庞德,直接去有麻烦的地方就好了。"

7

【1910年10月13日，伦敦】

周围黑黢黢的。

罗瑞摇摇头，让自己清醒过来，竭力想睁开眼睛。过了一会儿他才意识到，自己的眼睛本来就是睁着的，只是自己躺在一个完全漆黑的房间里而已。

躺着？

他动了动，感到冰冷的金属压在右脸上。左边胳膊被重物卡住了，他把重物用力推开，头依然嗡嗡地疼。

刚刚一直压在他胳膊上的东西发出一声叹息，声音有点熟悉。罗瑞眨眨眼，让自己清醒一些。他之前在哪儿听到过这种声音呢？那听起来有点……有点像……艾米！

他拖着身子坐起来，但立马就后悔了。整个世界仿佛都绕着他打转。他不知道自己在哪儿，也想不起来之前做了什么，密不透光的无边黑暗更让他难以冷静地思考。他隐隐约约记得自己在一间工作坊或者实验室,但其他的事就显得模糊而遥远了。博士去哪儿了呢?

突然,他的记忆清晰起来。伦敦、泰晤士河、格雷迪亚斯教授、人工智能、蜂暴、时间飞船……啊,对了,时间飞船。

罗瑞捋了捋头发。还好,至少他们还活着。他听到艾米低低呻吟了一声,便伸出手去寻摸,一下子碰到了一个柔软的东西。

"喂!把你的手从我脸上拿开。"

看样子艾米没事。很好,太好了。但罗瑞觉得还是应该问一下她,于是低声说:"你没事吧?"

艾米回答:"你把腿挪开,我就没事了。"

罗瑞不解地皱起眉,这是什么意思?他稍稍动了一下,艾米却大叫一声,这时他才意识到,在降落时——如果他们确实已经降落了的话——他们一定摔得滚成一团了。

"对不起。"他赶忙道歉,抽出身来,在黑暗中摸索着四周,寻找可以扶的地方。

艾米笑着说:"真是感谢这样的软着陆啊。"

罗瑞揉揉自己的头,他猜自己一定是在降落时撞到了头,要么就是蜂暴在探寻他的思想时造成的损伤比自己想的更严重。"我们已经停下了吗?"他问。

艾米说:"几分钟前就停下了,我还想弄醒你来着。"这大概就是他另一侧脸颊刺痛的原因吧。

"阿尔文呢？"他又问。

"我不知道。"艾米平静地说。他感到她动了动，在狭小的空间里站了起来。

罗瑞抓住一捆散开的电线，用力一拉，站了起来。他仍然头晕目眩，分不清方向，但是周围已经不再打转，他的眼睛也终于适应了黑暗。虽然这里一片漆黑，但他能大致看清周围的环境。他朝估计是船头的方向走了几步，又在一片混乱中意识到，他已经完全迷失了方向，甚至分不清上下了。

"阿尔文？"他喊道，"你在吗，阿尔文？"

"我在这里。"前方传来一句回答。

罗瑞循着声音传来的方向，小心翼翼地穿过船舱，一路上低着头，以免碰到低矮的弧形船体。不一会儿他就穿过层层障碍，向驾驶员的舱室走去。他一手拨开舱门，它在穿过旋涡的颠簸旅程后已经摇摇欲坠。舱顶某个灯泡发出暗淡的红光，他看到阿尔文正瘫坐在驾驶员椅子上。

"可以把灯打开吗？"罗瑞问，他艰难地穿过幕帘般垂挂下来的电线，听到艾米就在身后，跟着自己绕过杂乱的线缆。

"不能。"阿尔文的语调依旧单调，"半数控制面板已经消失，只能靠剩下的应急灯凑合一下了。"

"消失？你是说，我们降落时弄丢了一部分飞船？"罗瑞不解地问。

"比那要复杂。"阿尔文回答,"这艘飞船并不是传统意义上的'降落'了,它只是'出现'了,在指定地点重归实体。"

"就和塔迪斯一样。"艾米的声音更近了。

"那是哪里出问题了呢?"罗瑞不明就里地问道。

"我们出现在了一堵墙里,所以有一部分控制面板埋进去了,我的胳膊也是。"阿尔文毫无波澜地讲出这句话,平静地传达了这条其实很惊悚的消息。

罗瑞在昏暗的光线下跌跌绊绊地走上前,想看清控制面板的情况。当他发现本该是控制面板的地方竟出现了一堵坚实的砖墙时,很是惊讶。他伸手摸了摸,没错,他的手碰到的是冰冷粗糙的砖块。这堵墙似乎切入了飞船的整个头部。他后退几步,一时不知该说什么、做什么。

阿尔文像是感觉到了他的犹疑,于是说:"我需要你们帮忙把胳膊拆下来,它一直埋到肘部,把胳膊从肩膀处卸下来,我就自由了。"

"拆掉胳膊?!"艾米喊道。黑暗中,她把手搭在罗瑞肩上,"这个办法太极端了,不是吗?我们让飞船再次起飞,你的胳膊不就能解脱出来了吗?"

阿尔文摇摇头,从座位上扭过去看她,说:"恐怕没那么简单,我这只胳膊和飞船船首一样,已经和墙融为一体,这是不可逆转的。就算飞船上剩下的线路还能用,足以让飞船消失,这半堵墙也会和我们一起消失。"

"我敢说博士可以解决这个问题。"罗瑞说,"你在这里等着,我们去找人来帮忙。"

可是,阿尔文并不同意。"太危险了。那些生物……蜂暴,如果它们趁你们不在的时候找到这儿来,会把我撕成碎片的,我绝对逃不掉。"它在椅子上微微扭了扭,"拜托,帮我把胳膊卸掉吧。我感觉不到疼痛,不用担心。"

罗瑞叹了口气,在他看来,担心的理由可多着呢。他们被困在一艘试验阶段的时间飞船中,它一半埋在墙里,有个人工智能想让他们帮忙卸掉胳膊。他们也不知道博士在哪里,甚至不确定自己是否成功穿越到了1910年。即使成功了,也不知道从哪里开始找博士,况且,这个地方可能到处都是想吸走人的精神的外星生物。

真是罗瑞·威廉姆斯平凡的一天啊。

"好吧,阿尔文,我们来帮你。"罗瑞终于开口,感到艾米捏了捏他的胳膊,像是在鼓励他,"但是你得告诉我们该怎么做。我虽然算是护士,但没有给人截过肢。"

"很好。"阿尔文说,"你能绕到椅子的另一侧来吗?"

"可以,我觉得应该能过去。"罗瑞费了一番功夫绕到人工智能的另一侧,挤进控制面板和椅子中间,他低头看向阿尔文的胳膊生生消失在墙里的地方。

这场景实在太诡异了。橡胶和砖块的交接处毫无缝隙，就像融合在了一起。并不是墙绕着胳膊筑成，也不是胳膊砸进墙里拔不出来了，那连接处平滑无缝，更像那只胳膊不知怎的从坚固的砖墙中长了出来，成了建筑的一部分。

罗瑞把手放在阿尔文肩上，"好了，你需要我做什么？"

"嗯，首先，你得把衣服撕开，"阿尔文说，"然后剪开橡胶皮。"

罗瑞不禁龇牙咧嘴，然后想起人工智能看得到自己的表情。他努力平静下来，抓住对方的衣服，用力一撕。这件衣服其实早就被蜂暴扯得破破烂烂，罗瑞没试几下，衣服就从接缝处哗啦破开，裂了一条大口子。

"那里的表皮已经受损，你把手伸进某个切口就可以撕开了。"

罗瑞闭着眼，在人工智能肩膀处的橡胶表皮摸索，找到一条蜂暴利爪划开的宽裂口。他把手伸进去，摸到下面的金属骨架。他本以为那会和人体内部一样温暖湿润，但实际上里面只有冰冷的机械，更像普通机器，而不是人。这倒是有助于罗瑞克服心理障碍。

"很好，现在把它撕掉，你就可以够到下面的金属支架了。"

罗瑞按阿尔文的要求做了，剥下橡胶，露出肩关节。

"好了，"他把最后一块橡胶扔在地上，竭力压下不安，"我觉得可以了。"

他瞥了一眼站在附近的艾米，她很有兴致地看着。"做得不错，不愧是受过专业训练的。"她说。

"我觉得那些训练还不足以让我给一个人造人做截肢手术。"罗瑞似乎并不开心。

阿尔文转向罗瑞说："现在，要进行最难的一步了。我脖子下面有个释放装置，你找到它，按下去，然后逆时针方向转动胳膊，就可以把它从插槽中取下来。"

"可是你的胳膊埋在墙里了，我们借不到力。"

阿尔文点点头，"可以的，我与你反方向用力就行。"

罗瑞在阿尔文后颈找来找去，终于找到了释放装置，它很牢靠。"你准备好了吗？"罗瑞问。

"好了。"阿尔文回答。

"那，一、二、三……"罗瑞用力拉动它的肩关节，尽力让它转动。他感觉得到阿尔文在往反方向动，尽量转过胳膊，以便把它从插槽中拔出来。

有那么一会儿，他们卡在了一种奇怪的姿势上。罗瑞一边用力一边低哼。困在座位上的阿尔文也用力扭动，努力想把受困的胳膊从身体上卸下来。就在这时，阿尔文肩膀某处传来咔嗒声，它的胳膊随之弹出，它则笨拙地摔到地上，发出一声巨响。

罗瑞手握一条残缺的胳膊——无论那是不是人造的——晕晕乎乎地后退几步,头却不小心重重撞到了弧形船身。"哎哟!"他大喊一声。

"你没事吧?"艾米问。

"没事,只是磕了一下。"他说。

"不是问你!阿尔文!"

人工智能从地上爬起来说:"我没事,谢谢你。"

"不用客气。"罗瑞回答。不过,他也不知道这句话是对谁说的。

"我们出去吧,得找到博士才行。"艾米说。

罗瑞有点情绪地说:"这是继'我们去兰巴利安星团玩儿吧'之后,最好的一条建议。"

只剩一条胳膊的阿尔文领着他们左拐右拐地穿过飞船中部。不一会儿,随着一声低沉的放气声,舱口打开,他们齐齐看向外面昏暗的夜色。

"嗯,外面一看就是 1910 年。"罗瑞沉吟道。他看得出来,他们身处一个维多利亚风格排屋的后院。天色已晚,夜幕降临。路灯下薄雾氤氲,月亮已经升起,低悬在天边。

"看起来和 2010 年也差不多。"艾米说,"我觉得伦敦的这些小路没怎么变过。我们得找人问一下。"

罗瑞看了一眼站在舱口往外看的阿尔文,压低声音说:"问人可能有点难，毕竟有个来自未来的独臂机器人和我们一起。"

艾米笑了，眼睛闪闪发亮，"这就是我喜欢你的地方，罗瑞·威廉姆斯，你永远这么乐观向上。"她抓住舱口边缘，跳出飞船，但是红色连帽衫的袖子挂到了钩子上，一声响亮的布料撕裂声随之传来。

"啊，糟了！"艾米惊呼一声，赶紧回头察看。她上衣的右半部分整个撕开，松松垮垮地搭在肩上。她无奈地叹了口气，将衣服脱下扔进飞船，里面只有一件黑色T恤。她向罗瑞伸出手，"夹克。"那并非请求的语气。

罗瑞脱下外套交到艾米手上。艾米甜甜一笑，直接穿上。罗瑞也从船里爬出来，想走到艾米身边，却一脚踩进平整的花坛，踩了满脚的泥。外面的空气闻起来清新爽利，像刚下过一场雷雨。附近的院子里有声音传来，街道远处，几扇窗户亮起了灯。

"呃，我们的出现似乎引起了别人的注意。"罗瑞来回打量这一排屋子，但是艾米并没有回答，他轻轻推推她，想引起她的注意，"艾米？"

艾米没有说话，只是拽了拽他的袖子，他便转身去看到底发生了什么。

院子那头，最多三米开外，站着一只流着口水、咕咕哝哝的蜂暴。它惊讶地看着面前的三人，像是有点迷糊，但还是露出獠牙以示威吓。它身后的空气微微闪动，就像一股热浪正在翻滚，罗瑞觉得,有什么坏事要发生了。

"它们要来了。"他牵着艾米顺着飞船慢慢后退。阿尔文紧随其后,眼睛一直盯着那只孤零零的蜂暴。"一会儿我们得赶紧跑,尽快离开这里。"

"你在说什么?什么要来了?"艾米不解地问。

"它们。"罗瑞指指那团闪动的雾气,就在这时,一百多条灰皮胳膊突然伸出来,空中飞满从维度裂缝中不断拥出的蜂暴。飞船残骸、附近住宅的窗台和房顶上到处都是蜂暴的身影。那些听到飞船坠毁的声音便到花园察看情况的人,发出可怕的呼喊声。那些呼喊渐渐变成哀号,蜂暴不断降临,开始享用骇人的精神盛宴。

艾米和罗瑞面面相觑,艾米看起来很害怕,罗瑞估计自己脸上的表情也一定不好看。为了逃出这群怪物的魔掌,他们冒险穿越了一千年,回到过去,结果这群怪物还在,还是可能吞噬他们的思想,而且情况还可能更糟。罗瑞本以为,在博士找到他们并把他们拖回浑水之前,大家至少能有几个小时的喘息时间。现在看来,这是不可能的了。

"快跑!"二人齐声喊道,然后沿着花园小径向外逃去。他们冲出后门,跑进一条臭气熏天的小路。阿尔文也弯腰跟在他们后面。

他们直跑到一条繁忙的街道上才刹住脚,一时不知接下来要往哪边去。周围的人似乎完全没有注意到他们,全都忙着做自己的事,要么就是在结束了一天漫长的工作后急着回家,要么是去酒吧开始夜生活。老式汽车挤开马车,司机开车慢行,完全不理行人或其他人。一个女人在看到阿尔文时尖叫起来,因为它的人造皮像碎布一样挂在金属脸上,罗瑞赶紧带阿尔文躲进阴影里,并且竭力和蜂暴拉开距离。

他并不确定那些蜂暴是否还在追赶,但也不敢回头去看,甚至不敢去想万一蜂暴追上来会发生什么。他一心只想尽快找到安全的地方。而想到那些落入蜂暴魔爪的可怜人,他就心中空空、负罪不已,尽管他知道自己其实无能为力。

十多分钟后,罗瑞跑得胸口发烫,脚也因为不断折腾而疼痛不已。他慢下来,靠着教堂墓地的矮墙稍事休息,喘口气。

他身后的黑暗中,一座教堂隐约可见。那阴郁的哥特式建筑,饰有各种各样的夸张装饰、垛口和滴水兽。周围是墓地,暮色下的一座座墓碑看起来就像坏掉的牙。周围缭绕的雾气仿佛烟雾变成的手指,从坟墓伸出来,要去抓活人的脚踝。想到这儿,罗瑞浑身战栗。他真是恐怖电影看多了。

艾米挨着他向墙靠去,罗瑞看向她。"你觉得它们还跟着我们吗?"艾米问。

"我觉得没有。"罗瑞摇摇头,气喘吁吁地回答,"人太多了。"他抬头看向天空确认,开心地发现头顶已经没有盘旋的蜂暴了。

阿尔文站在附近，检查之前连接胳膊的插槽。

艾米拿出一份报纸。

"你从哪儿拿来的？"罗瑞问。

"那边的一个报亭，路过的时候捡来的。"

"也就是你偷来的？"

"不如说是……借来的吧，我又没有旧式便士来付钱。"艾米笑着说。

"我想也是。"罗瑞说着，从她手中拿过报纸打开头版，"啊。"他说。

"啊什么？"艾米说，"听起来不太妙啊。"

"啊，没什么。"罗瑞说着又把报纸叠起来，背在身后，"哦，你不用担心。"

艾米眼睛一眯，"把报纸给我！"

"现在没时间搞这个，艾米。"

"快把它给我，那是我的报纸！"她训斥道。

"嗯，严格地讲，它不是你的，是你'借'来的。"

她把手伸到他背后，夺过报纸。

"呃，你可能会后悔的，真的。"

艾米瞪他一眼，把报纸摊在膝盖上打开头版，他只好等她一眼扫到日期栏。"1910年10月13日！我们来早了三天！"

阿尔文终于从损坏的肩部移开视线，说："我也说过，那艘飞船还在试验阶段。只差三天已经不错了，我们很走运，毕竟我们可能错过好几年。"

"况且，艾米——我们都等待过更长的时间。等个三天害不死我们的。"

"嗯，但是它们会。"艾米说着，面露警觉。罗瑞转身，见三只蜂暴正目露凶光地穿过墓碑向他们靠拢过来。

"快，去教堂里。"阿尔文说。

"我觉得吧，信仰估计阻止不了它们。"罗瑞说。

"可能吧。"阿尔文说，"但是那扇结实的木门说不定可以。"

"很有道理。"艾米说着转向罗瑞，朝旁边的人工智能一点脑袋，"它很上道嘛。"

"快走！快跟着进去。"罗瑞说着跳过矮墙，穿过泥泞的地面，向教堂入口跑去。

他们身后的三只蜂暴齐声嘶吼着："我们，是，蜂暴。我们，即将，享用，盛宴。"

8

【1910年10月13日,伦敦】

教堂里阴冷空旷。罗瑞、艾米和阿尔文急急忙忙躲进去,他们的脚步声在这个巨大的空间里回荡。

"快来帮我。"阿尔文费劲地用仅剩的胳膊关上沉重的橡木门。罗瑞跑去帮忙,关好门,插好门闩。没过几秒,那三只蜂暴就开始撞门,想要强行闯入。木门剧烈地晃动起来。

"真好,现在我们又被困住了。"艾米沮丧地说。

罗瑞环视四周,熟悉着这里的环境。整栋建筑古老昏暗,十分牢固,厚厚的石墙中嵌着一排排彩色花窗。阳光照射进来,在粗糙的木桌椅上投下五彩斑斓的图案。

"它们不会放弃的。"阿尔文说。他们头上传来砰的一声巨响,似乎是在强调这一点。蜂暴用力地打砸屋顶,想要闯进来,罗瑞看到几道黑影从窗前掠过。"数量变多了,它们找到这里了。"他说。

艾米说:"过不了多久,它们就会发现可以破窗而入,我们得想个应对计划。"

罗瑞指着身后一排排木凳说:"可以用长椅把门堵上。"

"但它们还是可以从窗户进来,"阿尔文说,"艾米说得对,留给我们的时间不多了。"

艾米径直走向教堂尽头的圣坛,"你们觉得这里会有其他出去的路吗?"她喊道,周围响起回声。

罗瑞耸耸肩,"可能吧,但是那对我们没什么用。蜂暴就在外面等着。"

艾米说:"不,我不是说后门。这种古老的教堂总有不为人知的犄角旮旯、秘密通道之类的。你知道的吧,黑暗、肮脏的地道啊,藏着尸体啊之类的。"

"我觉得你是恐怖电影看多了。"罗瑞说归说,但还是开始和艾米一起寻找,"不过我们也没有别的选择了。"几只蜂暴在外面用爪子疯狂地挠门。罗瑞听到成群蜂暴的吵嚷声。

罗瑞下定决心,说:"嗯,这里总得有点什么吧,其他能出去的路……阿尔文,我和艾米四处看看,你盯紧那些蜂暴可以吗?"

人工智能点点头,然后面向门口。罗瑞回过头,想告诉艾米他俩应该分头去找,却看到她已经走了,只好叹口气追上去。

在圣坛和讲坛后,有很多供牧师使用的小房间——罗瑞估计那些是他们的私人房间，里面几乎没什么家具。其中一间只有一张破旧的桌子和几把椅子，配以一个简单的炉子和泡茶的茶具。另一个房间里有一张书桌和几个书架，书架上成排摆放着皮革精装的大厚书，但是都发霉了。房门非常坚固，如果有必要，他们可以退到一个房间里，把入侵的蜂暴关在外面，虽然这样也坚持不了多久。

"快来！"过了一会儿，他听到艾米在外面喊。他从书房出来，穿过狭窄的石廊，看到了两个巨大的大理石墓，上面塑有逝者庄严的肖像，而艾米就站在中间，脸上挂着胜利的微笑。

"看！我说什么来着！秘密通道！"她走向一侧，指着身后一扇小门。门半开着，后面是一段破破旧旧的石阶。他小心探过身去，看到下面漆黑一片。

"我们不能下去。"他说，"下面可能是任何地方，地牢、坟墓、死胡同，都有可能。"

"但我们没得选。"艾米直言不讳地说。

就在这时，教堂另一端传来喊声，两人担忧地对视一眼，"阿尔文！"罗瑞反应过来，转身沿着石廊往回跑。跑了几步，听到阿尔文踩着石板跑来的脚步声越来越近，他便停了下来。

不一会儿，阿尔文在他面前一个急刹，匆匆说："它们来了！它们进来了！"罗瑞也听到它们打碎贵重花窗闯进来的声音。

"快进秘密通道！"艾米说着穿过门廊，从墙上拽下了什么东西。仔细一看，原来是支火把——真正的传统木制火把，就是罗瑞开玩笑说艾米会看的恐怖电影中经常用来吓跑怪物的那种。

"快，把那里的火柴给我。"艾米说着，指了指一张放着蜡烛的小桌子。罗瑞过去摸索半天，在白色的蜡烛中找到一盒火柴。他取出一根，划亮，将火苗靠近已经递过来的火把，火苗嗖的一声将其点燃。等罗瑞反应过来，他们已经走进秘密通道，周围一片漆黑。艾米在前面带路，火把高高举过头顶。

罗瑞走在最后，把门关好。他一边抹掉粘在脸上的蛛网，一边沮丧地说："应该很多年没人下来过了。"他们所在的地方像一座地下墓穴，隧道粗粗凿成，高度只能让罗瑞站直身子，阿尔文则不得不弯着腰在无比狭小的空间中行动。

墙上凿有很多壁龛，每个都放着早已死去的人的尸骨。有的在木棺里——有些木棺已经残损——有的只是一把枯骨，偶尔裹上一块破布。他们在这座古老建筑的地下蜿蜒前行，那些骷髅空洞的眼眶仿佛凝视着他们的一举一动。

"这些隧道应该就在墓园下面。"艾米说。她用火把烧掉了一团堵住去路的浓密的蜘蛛网。罗瑞一想到自己周围都是尸骨，头顶上方还是一片墓园，就心生诡异，只好竭力不让自己发抖。

他们就这样走着，多数时间一言不发，时刻警惕着身后隧道里随时可能出现的蜂暴。这条隧道很窄，在城市下方一路蜿蜒，越来越深。艾米走在最前面，每隔几分钟就回头看看罗瑞是否还跟着。

他们似乎在这条令人毛骨悚然的地道里走了几个小时，罗瑞忽然听到前面有流水的声音。

"咳，那是什么味道？"艾米嫌恶地问。

"人类排泄物。"阿尔文说话的声音依旧平淡，"我觉得我们一定在下水道附近了。"

"下水道？"艾米说，"我们要不回去？"

罗瑞双手捂住口鼻，尽量避免吸入刺鼻的恶臭味。"不行。"他说，"绝对不行，从下水道一定可以出去。如果这条地道最终通往下水道，我们找到一个连通路面的检修孔就可以出去。要是回到教堂，我们只会遇到蜂暴。"他们继续向前，慢慢适应令人作呕的气味。

果然，隧道前方是一个丁字路口，连接着一条阴冷潮湿的砖砌下水道。他们走到转弯处，脏水在一条宽阔的水渠中流淌，里面翻滚着各种恶心的垃圾。罗瑞竭力移开目光。

他们沿着通道小心翼翼地往前走，脚下的啮齿动物匆匆跑开。艾米惊呼："老鼠！天啊，我讨厌老鼠！"她的语气带着掩饰不住的害怕。她拿着火把对脚下的一大群老鼠挥了几下，它们才尖叫着四散逃去，跳进水里。

阿尔文指着隧道前面稍远的地方说："前面有可以上去的梯子。"半明半暗中，罗瑞勉强看到一架铁梯，它通往上方的一个检修孔。

"快过去!"罗瑞催促道,"我们再过几分钟就可以出去了。"罗瑞像突然打了鸡血,从艾米手中接过火把,走在前面带起路来。

几分钟后,他们走到梯子下面,罗瑞说:"到了,你先上吧,阿尔文。"人造人先踩上梯子,开始往上爬,它靠双腿支撑住自己,用仅有的一只胳膊把自己拉上去。"该你了,艾米。"罗瑞看着艾米安全地爬到一半,才将火把扔掉,紧跟着爬上去。

罗瑞终于爬到梯子顶端时,阿尔文已经移开井盖,把艾米拉上了路面。罗瑞低哼一声,从井里钻出来,艾米扶他起来,他掸掸身上的灰尘,在明亮的阳光下使劲眨了眨眼睛。阿尔文将井盖哐当推回原位,周围几个四处转悠的人惊讶地盯着他们三个。

"呃,你们好。"罗瑞向他们挥挥手,"下水道检查。"

"对,一切正常。"艾米装作没事的样子,"满分。"说完,她抓住罗瑞的胳膊,急切地说:"快走!"穿着格格不入的现代服装的他们拔腿就跑,尽量和蜂暴拉开距离。

三天过去了。

他们东逃西窜地过了三天,从一个地方跑到另一个地方。每次都指望这次找到了蜂暴追不到的地方,但事与愿违,蜂暴每次都会追来,他们也被迫逃向下一处。

他们不停地转移，每次只能休息几个小时，在城里东躲西藏，勉强度日。他们设法从一个废弃花园里的晾衣绳上偷了几件衣服，艾米拿了一件黑色长外套罩在短裙外，因为，在街上跑的时候，短裙实在太引人注意了。阿尔文拿了一件衬衫和一顶帽子，帽子压低挡住脸，便于掩盖那已经破碎的脸皮。

他们只能偷一点残羹剩饭吃，偶尔从极少数愿意帮他们的人那里讨来一点食物。阿尔文既不需要睡觉，也不需要吃饭，一直陪在他们身边，在他们休息和睡觉时保持警惕，照看他俩。

可是，无论他们躲到哪儿，无论他们如何努力，似乎都摆脱不了蜂暴的不断骚扰。仿佛这些外星生物不知怎的盯上了他们，闻味追来，固执不放。

罗瑞怀疑，蜂暴如此穷追不舍，并非出自简单的狩猎冲动。那到底是什么呢？当然，罗瑞说不上来，也实在没有时间细想，毕竟他们在每个地方停留的时间都不长。有一次，他们躲进了肯辛顿的一所房子里——那是一栋巨大的联排别墅，内部设施齐全，但是无人居住——却发现厨房地板上躺着一具尚有余温的小偷的尸体，他偷的赃物掉了满地。他的眼睛流了很多血。他们听到楼上的动静，意识到上面已经有蜂暴等着，便赶紧逃了出来。那天晚上，他们在铁路桥下过了一夜，蜷在一起御寒，非常希望能找到温暖干燥的地方。

昨天——也就是10月16日，他们急迫地等待着，盼望博士穿过伦敦清晨的薄雾，成功找到他们；盼望从远处传来塔迪斯引擎的巨大轰鸣声。可是，最终，这二者他们都没等到。博士一定在伦敦的某个地方，不过他很可能不知道艾米和罗瑞也在这里。

他们讨论过是否回到飞船坠毁的地方，可能博士也会去时间飞船的残骸那里看看，但是蜂暴在那里，这种做法几乎是不可能的。他们无法接近那艘飞船，那里的蜂暴实在太多了。

他们自然也看过报纸，知道整座城市都笼罩在蜂暴造成的恐怖之下。死亡人数太多，蜂暴已经遍布伦敦。它们恣意挑选受害者，在大庭广众之下把人从路上拉走；它们在昏暗的巷口游荡，隐藏在角落，从屋顶俯冲下来扑到人身上，扇着半透明的翅膀在空中滑行。证据就在眼前，但警察似乎完全没有察觉，反而认为这些事故是某个想象中的连环杀手造成的。

罗瑞想过自己去一趟警局，将证据摆在他们的面前，但这样做只会让对方认为他是个疯子，然后把他关进监狱，或者更糟，关进精神病院。这样的结局对谁都毫无益处，至少对艾米和博士无益。

罗瑞叹了口气，继续提防着周围的动静。

天刚破晓。阳光从窗户斜斜地照进来，照出了在回旋的气流中缓缓下落的尘埃。罗瑞看着这些尘埃舞动，出了会儿神。

艾米在他身旁的一堆毛毯上打盹儿，她的头发像鲜红的墨水般覆盖在临时做成的枕头上。罗瑞想让她再睡一会儿，尽管他也知道她并不需要别人来保护——如果说谁能照顾好自己,艾米·庞德一定是其中之一——不过,这没关系,罗瑞还是会竭力保护她。他是她的丈夫,他有自己的职责。护她周全便是他的首要职责。

这个房子少说已经荒废数月,无人打理,到处都散发着霉味和潮气,天花板多处塌陷,砸坏了地板。他们决定就在楼下暂时歇会儿,既是为了必要时能方便快速地离开,也是为了预防有人不小心从地板上的洞里掉下去。

他们发现这个地方纯属偶然。当时,他们一心躲在白教堂区的贫民窟中,这里人很多,又散发着一股恶臭,他们希望这能使蜂暴追寻不到自己的气味,从而摆脱对方。罗瑞对眼前的景象很震惊,他们在街上逃窜时,到处都是穷人。这里的人像活在垃圾堆里,即便竭尽全力,也毫无出路,只能过悲惨的生活。

罗瑞本以为只有中世纪才有这样的景象。但是……这已经是二十世纪了。人们不可能在 1910 年还过着这样的生活啊。

不管怎样,能在这条狭窄的小巷里找到这样一座木板封起来的空房子,他还是很感激的。生存的本能占了上风,他和阿尔文一起在后窗上开出一个临时出入口。晚上就躲在这里过夜,用翻找到的一些破布御寒。今天能不能找到博士,或者博士能不能找到他们呢?他不知道。

他感觉身边的艾米打了个激灵,她睡眼惺忪地眨眼看向他,问道:"嗯,还不到起床的时间吧?外面太冷了,在这里挺暖和的。"

罗瑞耸耸肩,"只怕该起了。趁蜂暴还没找到我们,赶紧离开吧。另外,今天是10月17日。"他看向阿尔文,意有所指。

"啊。"艾米恍然大悟,情绪突然变得低落。她用一侧手肘支撑着坐起来。两人都知道这个日期意味着什么。在千年后的未来,他们看到的那个从河里拖出来的人工智能和阿尔文一样,也只有一条胳膊。它在水中淹了一千年,落水的日期——博士说过——正是1910年10月17日。

阿尔文落水只是时间问题。事实上,这是不可避免的,今天就会发生。

"我几乎不敢看它了。"罗瑞压低声音,"我没想到它是这样的,和人类如此相像。我本以为它只是个机器人,无非是为了完成任务而制造的工具。"

"我懂。"艾米把手放在他的肩膀上,安慰道,"但是我们可以尽力避免这件事发生。"她轻轻叹了口气,"但愿博士快点找到我们。"

罗瑞说:"我一直在想一件事。在未来那个时间,博士和人工智能在河岸上的对话,你记得吗?"

"当然记得。"

"显然它认得博士——它认出了博士。也就是说,在今天的某个时刻,在阿尔文……出事前,是会见到博士的。"

罗瑞的话一针见血,艾米瞪大眼睛,粲然一笑,"啊,罗瑞,你不光是长得好看,对吧?"她开心地凑过去,亲了亲他的脸颊。

罗瑞干巴巴地应了一句:"只要我们活得够久,就可以见到博士。"

"嗯,你继续吧,尽量毁气氛吧。"艾米笑着,略带责备地说道。

"好了,该起了。"罗瑞站起来,朝阿尔文走去,后者像哨兵一样站在窗边。"早啊。"罗瑞说。他知道阿尔文宿命般的结局,所以,当他走到那个高大的身影旁边,一时口干舌燥,不知道该说什么。此刻,任何言语都空洞无力。

阿尔文似乎察觉到他的不自在,说:"我并不属于这里。"它从脏兮兮的窗户看出去,注视着外面的街道。已经有人上街转悠,开始了早上的活计。

罗瑞轻声道:"阿尔文,我们都不属于这里,但是我们必须阻止蜂暴。我们得找到博士,想办法阻止它们杀掉更多人,吸干整个地球。"

阿尔文终于从窗前移开目光,看向罗瑞。它的脸上已经伤痕累累,撕成一条条的皮肤像无力的手指般耷拉在左脸上。"我很钦佩你,罗瑞·威廉姆斯。你的决心和奉献精神都令我钦佩。你让我想起了格雷迪亚斯教授。"

罗瑞不好意思地咽了一下口水,不知道如何回答,只说:"呃,谢谢你。"

这时,他们身后响起了脚踩地板的声音,罗瑞万分感激地转过身。艾米颇有兴味地背手看着他们,精神饱满地说:"好了,男孩儿们。今天又是崭新的一天,我们要去找博士了。该出发啦!"

他们走到河边时,再次被蜂暴发现了。

罗瑞提议去河边的部分原因在于——除非事情发展和他设想的大相径庭,今天的"那件事"会在那里发生。

博士知道人工智能会在今天某个时刻落水,所以,"他会去那里找他们"是一种合理猜测。所以,罗瑞带他们去了他们到达一千年后的伦敦时抵达的地方。现在,它还是一个可以眺望议会大厦的不起眼的地方。那儿周围很安静,几只鸽子不停地啄他的靴子。灰蒙蒙的天穹下海鸥咯咯叫着,在他们头顶盘旋。

艾米显然认出了这个地方,只不过,在涉及阿尔文的问题上,她一直缄口不言。对罗瑞来说,这就意味着,她对即将发生的事存疑,但是还不准备说出自己的想法。

尽管是罗瑞自己带阿尔文来到这里的,但这很可能是对方生命中的最后几小时,罗瑞为此感到内疚。不管阿尔文是不是机器人，也不管它会不会感到生理上的疼痛或精神上的痛苦，它毕竟是一个"人"。罗瑞站在岸边，看着漆黑平静的水面，决定无论如何都要救下阿尔文，改变未来，阻止蜂暴入侵。他知道，命运并不是注定的，任何事都可以改变。他就见博士这样做过很多次，将别人从原来的时间线中拯救出来，挽救他们的生命，改变事情走向。或许那样，阿尔文还有希望？或许吧。

但是现在，罗瑞没那么有信心。他背靠栏杆，紧紧攥着艾米的手。就在刚才，一群蜂暴如灰色的疾风般从空中向他们猛扑过来。这一群至少有十只，看起来也并不打算给他们抵挡的机会。

罗瑞知道自己应该准备充分，应该时刻警惕天上的情况，但现实是，他真的太累了。三天来，他基本没吃没睡，一直在逃命，体力已经不支。到现在，他们似乎已经无处可逃。蜂暴渐渐逼近，呈合围之势将他们困住。

"你们，不，属于，这里……"蜂暴用嘶哑的声音一字一顿地说，"你们的，味道，不同……蜂巢，将，吸收，你们的，思想……蜂巢，将，享用，盛宴。"

阿尔文向前一步，扫视一圈，说："不，一切到此为止。"

蜂暴开始狂笑，这是罗瑞听到过的最可怕的声音："人造人，做不了，什么……蜂巢，将，享用，盛宴。"

难道就是现在吗？这就是阿尔文落水的时刻吗？

罗瑞突然一阵恐慌。他从没想过自己和艾米也可能溺水而亡，精神则被这些精神寄生虫蚕食干净。现在看起来，这很可能发生。

他看向艾米，希望她能像平时那样说一句俏皮话，但她什么都没说，只是搂着他的后脑勺，把他搂近一点，在他的唇上深深一吻。

"你也是。"罗瑞说完，转身面对那些外星生物。

他们无计可施，被困得严严实实。蜂暴则不断逼近。

DOCTOR WHO

BBC

© BBC Doctor Who All Rights Reserved.

非卖品

八光分文化　新星出版社 NEW STAR PRESS

9

【1910年10月17日,伦敦】

"看!麻烦来了!我说了吧,他们总是在有麻烦的地方。"

博士得意地笑了笑,冲向蜂暴的包围圈。"庞德!"他扯着嗓子大喊,"你知道自己在干什么吗?"

"博士!"外星怪物的叫声中传来一声女人的叫喊,"博士!这里!"听到博士的声音,她似乎已经听到了胜利,也大大松了口气。艾米原地蹦跳着,双手高高举过头顶,招手示意。

安吉克里斯特以自己最快的速度跟在博士后面跑动。他觉得很奇怪,刚刚一直拼命远离这些外星生物的博士,现在怎么直接冲了过去?这个举止怪异又不可思议的人行事风格就是如此;似乎总会心血来潮地改变想法,却至少领先对手三步,采取必要的措施。安吉克里斯特暗暗下定决心,自己绝不要和这个人下棋。

靠近后,安吉克里斯特才看清麻烦中心困着的三个人——一名是满头红发的年轻漂亮的女士;一名是穿着格子衬衣、身材偏瘦的年轻男子；还有一个穿黑外套、戴帽子的男人，他身材高挑，皮肤苍白。那名女士想必就是博士的女伴艾米吧。

他们至少被十只蜂暴包围着，背靠栏杆，无法逃生。蜂暴慢慢逼近，显然打算吞噬他们的精神。

博士可不会让它们如意。他在几米远的地方停下，从裤兜里抽出音速起子，插进另一只手里扩音器底座上的插座，拇指放在开关上，随时准备触发。

"喂！你们！我已经警告过你们了。现在赶紧离开，快点。马上离开这里！"博士怒视着蜂暴，这群蜂暴一齐转过头看着他，在清晨的阳光下，它们玻璃般的眼睛一闪一闪。"离我的朋友们远点！"

"蜂巢，认得，你，博士……"蜂暴们回答，"蜂暴，已经，尝过，你的，思想……蜂巢，渴望，你的，精神。"

博士摇摇头，说："啊，你看，你们这样可就错了，大错特错。倘若你们认得我，倘若蜂巢真的知道我是谁，那它就应该知道，我不会让它得逞。我会不惜一切代价，阻止它吞噬这颗星球。它会知道，我是博士，我绝不会退缩，它应该心惊肉跳才对。"博士停了一下，表情严厉而肃穆，"它也该明白，趁现在还有机会，赶紧离开才对。"

蜂暴通通向一侧歪过头，展示出某种怪异的共生关系，齐刷刷看着博士，权衡他说的话。"蜂巢，会，享用，你的，思想。

博士……你,与,蜂暴,旗鼓相当……"

"回答错误!"艾米说。蜂暴则挥着闪闪发光的利爪,转而向博士扑去。

博士却很淡定,他高高地举起音速起子,按下开关,"我可警告过你们了!"

这一举动立竿见影。蜂暴当即重重摔在地上,痛苦地哀号、扭动。它们揪打自己的头,有的甚至将爪子深深刺进头皮,像是要把音速起子的声音从脑袋里抠出来。

艾米瞪大眼睛看着博士。

博士放开按钮。周围那群灰色的怪物无力地瘫在地上,又是呻吟又是摇头,乱作一团。"滚开!趁我还没有再按下去,马上离开。"

离他最近的蜂暴抬头看着他,继续嘶吼,露出闪闪发光的獠牙。它的耳朵里滴出暗红的血液。

"快滚开!"博士怒吼一声,蜂暴随即脚底打滑地踩着铺路石四散奔逃,消失在清晨的薄雾中。不一会儿,路上再没有它们出现过的痕迹。

博士迎上艾米的目光,露出笑颜。"用不了多久它们就恢复了。"他说。

艾米绽开笑容跑向博士,紧紧地拥抱了他。博士则一副不知所措的样子,双手又都拿着东西,只好站在原地,一头雾水地任艾米抱着自己。

过了一会儿，艾米才放开他，后退几步，双臂交叉在胸前，但安吉克里斯特看得出来，她只是佯怒。"三天了！这三天我们东奔西跑，就等着你出现。你知道我现在多想洗个澡吗？"她握拳打向他的胳膊，但也没用力，"三天了！"

博士看向艾米，又看向那个年轻人，旋即又看向艾米，满脸愧疚地说："我不是把你们留在二十八世纪了吗？那里是安全的。"

"没错，你的确把我俩留在二十八世纪了。"年轻人说，"但我可不保证自己会用'安全'这个词来形容那里。"

安吉克里斯特在一旁难以置信地扬了扬眉。二十八世纪！

"是蜂暴。"艾米解释道，"那里也有蜂暴。我们找到了格雷迪亚斯教授，可是我们去晚了。它们已经杀了她。我们只好乘她的时间飞船逃了出来，回到1910年来找你。只不过，我们早到了三天。"

"抱歉，"博士说，"抱歉让你遭遇这些。我是说，你俩都是。"

几人站着，一时无言。

"话虽如此，"博士有点窘迫地说，"这一切还是挺激动人心的，不是吗？坐着一艘试验阶段的飞船进行穿越，真是开天辟地的壮举。你们可能是人类历史上最早参与时间实验的人，这么危险，简直九死一生啊。我是说，真的，任何事都可能发生。"他好奇地戳戳艾米的肩，又捏捏她的脸，像在检查眼前这个人是不是真实的。艾米一把拍开博士的手，揉揉脸。"所以，你们感觉如何？"

罗瑞叹了口气，说："还行，不错。直到最后飞船着陆失事。"

"啊，确实，我也看到了，嗯……"博士若有所思地用食指轻轻敲了几下嘴唇。

安吉克里斯特仿佛偷听了私人对话，有点不好意思，于是礼貌地抬手轻轻咳嗽两下，提醒博士自己也在旁边。

"对哦，我真的太无礼了。"博士立刻转过身，示意他走上前来，"安吉克里斯特教授，来认识一下艾米和罗瑞。艾米、罗瑞，来和安吉克里斯特教授打个招呼吧。"博士拉起教授的手，让他双手交叉，一只递到艾米手中，一只递到罗瑞手中，让他们彼此握住手，上下摇晃几下，然后往后一站，对自己做的一切很满意。

那三人却马上松开手，各自往后退了几步，脸上写满尴尬。

"太好了，这样我们就彼此认识了。现在，我们可以继续去阻止蜂暴肆虐了。"博士转过身，似乎就要出发。

"啊，等等，博士。"安吉克里斯特喊住他，"我觉得你忘了一个人。"那个高个子正远远站在一边，安静地看着蜂暴撒退，他引起了安吉克里斯特的好奇。

"是吗？哦，没错，是的！"

艾米会意一笑，冲那个皮肤苍白的人挥了挥手，后者走上前来，让博士和安吉克里斯特看清了样子。"这是阿尔文，"艾米介绍道，"一位朋友。"

安吉克里斯特端详着那张与众不同的面孔。最开始，他根本无法理解对方脸上垂下的破烂皮肉是什么东西，也不明白那颧骨位置露出的暗淡金属是怎么回事。过了好一会儿，他才恍然大悟，几乎惊得退了一步。

对方并非人类。

"你好，阿尔文。"安吉克里斯特说着伸出手。

人造人也伸手过去与他用力握了握。它的手有些凉，触感和橡胶一样，"你好，安吉克里斯特教授。"

博士在一旁傻笑着说："阿尔文？"他心领神会地看了艾米一眼。

"我的正式名称是RVN-73。"阿尔文解释道。

安吉克里斯特走到一侧，让博士走近了些。

"啊，看看你！"博士打量着阿尔文，"太美妙了！"博士绕着阿尔文走了一圈，完全给迷住了。然后，他又转过来，凑过去仔细端详阿尔文的脸。"不可思议！"博士问，"谁把你造出来的呢？"

"注册表中的激活地点是伦敦巴特西区的维利尔斯人造生命实验室。"

博士欣赏地点点头,"把我的朋友们安全带回 1910 年的飞行员就是你?"

"的确是我。"阿尔文眼里闪过一道亮光。

"谢谢你!"博士又问,"不过,能告诉我你的胳膊怎么了吗?"他探身看着阿尔文肩上空荡荡的插槽,好奇得有点过头。

"说来话长,事关一堵墙。"罗瑞插话道,"这么说吧,以后我的简历里可以写一行'曾为机器人进行紧急截肢'了。"

"罗瑞,它可不仅仅是一个机器人。"博士说着,拍了拍阿尔文的胸膛,"远不止呢。"博士又转身看向安吉克里斯特,"教授,现在几点了?"

安吉克里斯特从马甲口袋里掏出表,"刚过十点。"

博士点点头,自言自语般地说:"那也许还来得及。"他好像还要说点什么,但是艾米的问题打断了他。

她说:"你找到源头了吗?蜂暴出现的那个洞?显然,你还没能阻止它们……"

"是的,那条裂缝是三天前出现的。"博士心不在焉地说,"蜂巢也越来越强大了……等一下。"博士这才注意到艾米说的话,立刻面露惊讶,"我刚到这儿一天!"他的语气明显紧张起来,"一天!不是三天!而有人恰好是三天前来的。"他责难般看向罗瑞,后者则是一副诧异的样子,像是在说:"什么?我?"

艾米皱起眉头,"三天……但那是我们到这里的时间,那个时候……啊。"安吉克里斯特从她眼里看出,她突然明白了什么。"哦。哦不。"

"怎么了?"罗瑞紧张地瞥了博士一眼,"有什么不对的吗?"

"三天,罗瑞!那条裂缝是三天前裂开的。是我们……"艾米看向博士,向他求证,博士微微点头。"是我们用时间飞船凿出了通往1910年的那个洞!就是我们来找博士的时候。阿尔文也警告过我们,那艘飞船只进行过本地的短时穿越。打从一开始,就是我们导致蜂暴来到这个时间点的!"

"等一下。"罗瑞举起手,确保大家都在听他讲话,"我还是不明白。怎么可能是我们呢?这不是悖论吗?我们及时赶回来找博士,是因为——在那之前,博士回到这里来寻找怪物了。当时怪物已经出现了。不是吗?"

"是这样的。"博士说,"但是……"

"等会儿。"罗瑞打断他,"让我先理清楚……你说的情况是不可能出现的。从逻辑上讲,不可能是我们造成了裂缝,因为我们走进时间飞船前,那条裂缝已经存在了。简单的因果关系吧。如果不是见到了河里捞出来的人工智能,你不会回到这里寻找蜂暴,我们也不会留在二十八世纪。"

博士摇头说:"不不不,罗瑞,不是这样的。历史就像是……"他交叉十指,在罗瑞面前摆弄,想找一个合适的词来形容,"像……因果混杂的汤面,有很多条线,只要拉动一头,整个都会散掉。未来的事情也会影响过去的事情。"他瞥了一眼艾米,又重新将注意力放回罗瑞这里。安吉克里斯特站在一旁看着博士,已经听得入了迷。

"人类对世界的体验是线性的。人们出生、老去、死亡,可宇宙比你们想象得更广袤、更古老,也更复杂。历史看似线性,其实不然。它是活的,在不断随势而变。历史不仅是所有人经历的总和,也不像你想的那么脆弱。诚然,时间定点是存在的。"博士停下来喘了口气,"有的事情注定发生,有的事情已经发生,或者无论如何都会发生。这类事件是无法改变的,是固定的。但其他事件就……罗瑞,历史可以屈伸,时间也可以弯曲,它会努力在混乱中维持秩序。"

罗瑞皱起眉头,"所以,这么说吧——也就是说,世界并不会因为一切都变得不再合理就突然瓦解,对吗?"

他似乎问到了点子上。博士看起来极其严肃,似乎在认真思索要怎么回答。"对,现实世界不会瓦解。至少,我觉得不会。就目前看来,不会的。只要我们找到阻止蜂暴的办法。"他用手捋了捋头发,眉头紧锁,陷入沉思。

罗瑞听到的回答似乎并不能让他放下心来。

艾米走上前挽住博士的胳膊,"那接下来怎么办,博士?我想你已经想好计划了?"

博士笑了,"你真了解我,庞德。我向来足智多谋。"

"我担心的正是这点。"罗瑞小声咕哝道。

"回塔迪斯吧!"博士宣布,然后拉着艾米一起出发了。他将扩音器稳稳地夹在左臂下方。

安吉克里斯特耸耸肩,和人造人一起走了。他心想,反正也不会有比这更奇怪的事情了。

10

【1910年10月17日,伦敦】

当一行人离开繁华的切尼路前往博士的飞船所在的方向时,安吉克里斯特不禁感到一丝不安。就在几个小时前,那条小巷子还差点要了博士的命。那一幕太可怕了,他们能安全逃脱只是因为运气不错。这段经历实在不怎么好,他对在鹅卵石路上跌跌撞撞奔跑的事儿仍然心有余悸。

现在,他们这么快就回来了,感觉就像是轻易踏入了蜂巢思维特意设下的陷阱。安吉克里斯特希望这确实是考虑周全之举。他明白博士需要回到飞船上,不过,如果出现什么差错,这几个人的性命可能都保不住。但愿博士真的制订好了计划。想来想去,他在博士踏入巷子口前快走几步,拉住对方胳膊,把博士拦了下来。

他担心吓到别人,便小声问道:"博士,你怎么知道我们不会踏入陷阱?"

"哦，我们当然是在往陷阱里走。"博士轻快地回道，"显然这就是一个又大又深的陷阱。但是，教授……"博士向前倾身，伸出手指点点自己的鼻子，"我们知道它是个陷阱。而如果我们知道，那么它就根本算不上陷阱了。"

说到这儿，他再次展颜一笑，转过街角，找他的飞船去了。

安吉克里斯特并没有听懂博士话中的逻辑，但他既然来了，要是袖手旁观对方只身犯险，必然良心难安。他们在短短几个小时里一同经历了那么多，不能因为博士已经找到了朋友就离他而去。伦敦还处于危险之中，整个世界都处于危险之中，他明白自己该做什么。

面对内心的恐惧，他深吸一口气，战胜了逃跑的本能，跟着博士转过街角。

果然，小巷里依然爬满那些生物。它们已经多到数不过来，几乎满地都是，像溃烂的伤口中蠕动的蛆虫，或是错综复杂的庞大蜂巢中的黄蜂。塔迪斯位于中心，仿佛不情不愿地成了它们冷酷的蜂后。

"博士……"艾米站到他身旁，声音有些犹豫、紧张，"你说你有计划的？"

"哦，不用担心，艾米。"博士回答，"那个扩音器足以解决这个问题。事实上，它就是为此专门定制的。"

博士拿出胳膊下夹着的设备，放入音速起子，高高举起那东西，按下按钮，很满意地说道："瞧！"

什么都没有发生。

"呃……怎么会？"

"博士！"艾米的声音更急切了。蜂暴从各自所在的位置俯冲下来，掠过砖墙，追近博士，吵吵嚷嚷，如同势不可挡的灰色潮水般朝他们涌来。

安吉克里斯特整个人都僵住了。他想，要是不顾博士的异议带了左轮手枪就好了。如果他终究会死在这些怪物手里，那他希望自己至少能够出手战斗一番。他打起精神，准备迎接蜂暴的袭击。

他听到身后不远处传来嘶嘶的响动，回头看时，一群蜂暴已经绕到后面把他们围住了。安吉克里斯特慢慢靠近博士，并注意到罗瑞和阿尔文也在做同样的事。

博士又按了下音速起子，这一次，依然什么都没有发生。"呃，这就有趣了。"他说。

"什么有趣？"艾米问道，她的语气中已透露出几分绝望。她抱着头，蜂暴的精神攻击让她头疼得一阵眩晕。

"它们适应得比我想象的要快。"他说，"蜂巢的智力在不断增长。用不了多久，蜂巢就会完全显现。它现在已经知道如何排除音速起子发出的频率干扰了。"

"所以？"

"所以扩音器没用了。"

"也就是说,我们被困住了?"

"啊,我可不会说这种话,艾米,我会想出办法的。"

"那你得快点想了,博士。"罗瑞背着他们说。

安吉克里斯特大喊一声,只见一只蜂暴猛地向他扑来,抓住了他的外套。他踉跄几步,却正好跌入另一只的魔爪。那些冰冷细长的手指绕过他的脖颈,他努力挣扎,握紧拳头不断攻击对方下巴,却只是惹恼了对方。教授感到对方不停地刺探着自己意识的边缘,便大声呼喊,用尽力气自救。

"博士!"艾米慌乱地喊道。

博士四下扫视,看到了阿尔文,后者和一只蜂暴扭打在一起,还在的那条胳膊来回甩动,盾牌般抵挡住其他蜂暴的靠近。

"啊,阿尔文,你真是个天才!调节频率!我怎么没有想到?"博士开始捣鼓他的装置,扯开一些电线,又以与原来略微不同的方式把它们连在一起。

"我不明白,博士。"人造人说。它依然身陷激烈的缠斗,声音却如往常一样平稳。

"哦,这是我们第一次见面时,你告诉我的。"博士回答。"坚持住,教授!"他又冲安吉克里斯特喊道,"就快好了……"

"我要挡不住它们了!"罗瑞喊道。

"等一下!马上……马上就……好了!"

蜂暴突然松开安吉克里斯特的喉咙,全身颤抖着连连后退,靠在小巷的墙上。安吉克里斯特咳呛几声,拼命喘气。

博士挥舞着他的装置,一大波蜂暴成片四散,退到后边,颇为挫败地痛苦尖叫着。"好了,"博士说,"现在你们知道被人强行进入脑子是什么感觉了吧?很不好受,对吗?"

"来吧。"他对其他人说完便大步向前,在密密麻麻的蜂暴中开出一条通往塔迪斯的路。

他走到塔迪斯门前,停下来,转身将那台杂乱电线团组成的装置交给罗瑞,嘱咐道:"要一直按着按钮哟,罗瑞。"罗瑞点点头,紧张地双手举着那个装置,按照博士的吩咐按着按钮。

博士在口袋里摸索一会儿,找出一把银色钥匙,它却掉在了鹅卵石路上。他只好弯腰去捡,眼神中还有一点尴尬。"总是这样。"他小声抱怨了一句。

博士将钥匙插进门锁,一转,门顺利打开。"好了。"他慷慨地对众人说,"快进来吧。"

安吉克里斯特不禁皱眉道:"博士,这么多人怎么可能都挤得进去?"现在,他真真切切站在这个奇怪的蓝盒子——也就是博士的飞船——面前,不由得诧异不已。蓝盒子上面没有爬动的蜂暴,他第一次看清了它的样子,也为它的真实大小震惊不已。它太小了,里面最多勉强挤得下两三个人。"我们不可能都挤得进去的。"

艾米站在门槛上,回头冲他微笑。"啊,我就喜欢这一段。"她神神秘秘地说。

"相信我,教授。"博士拍拍他的肩膀,催他快走,"你会喜欢的。"

安吉克里斯特仍是一脸困惑的样子,但还是点了一下头表示感谢,然后跟在阿尔文后面走进了飞船。

飞船里的空间相当开阔,完全不是他想象中黑暗狭小的样子。恰恰相反,里面宽敞明亮,闪着橙红色的光,整个儿像从儒勒·凡尔纳或赫伯特·乔治·威尔斯小说中钻出来的。这个大而深的空间造型并不规则,不少夹楼由楼梯和走廊相连,他估计它们的另一头通往飞船的其他部分。四周的墙上分布着形态奇特、流光溢彩的圆盘形装饰,空间中心是一个高台——一个升起的大高台——安吉克里斯特估计,那上面是飞船的控制装置。这让他想到了自己的实验室和博士在那里胡乱组装起来的奇怪装置。整个控制台都像博士自己用手头的材料拼凑成的。他想,或许事实就是如此,控制面板的模样正反映出博士的古怪性格,也反映出他曾游历过的无垠时空。

他看着博士一步两级地跳到控制台上,伸手按动各种控制元件,手指像在按键和开关上跳舞。安吉克里斯特几乎无法相信自己看到的东西——这里有留声机上拆下来的喇叭、打字机、各种旋钮、按钮、转盘、控制杆和几块闪烁的玻璃屏幕,它们就跟小窗户似的,透过它们可以看到别的未知世界。这里还有电缆线、椅子、手柄、响铃、闪光信号灯,等等。最中间是高耸的玻璃柱,它一直延伸到天花板,安吉克里斯特就算想破脑袋也想不出它的作用。至于博士,举止疯狂的他主导着一切,无论他的注意力正放在什么事上,他都全身心地投入其中,脸上露出大大的笑容。眼前的一切都是不可能的,却又真真切切地发生了。

安吉克里斯特震惊得连路都有些走不稳了。过去几个小时里接连经历的怪事,都突然排山倒海般向他袭来。他靠门站着,不知所措,也不明白这些都是怎么回事。他又转过身看了看门外的小巷,蜂暴仍然成群地扭动着。但,不知怎的,他觉得,和塔迪斯内部比起来,外面的那些怪物更真实,更容易理解。

"嗯……呃……"他摇摇晃晃地往小巷那边走去。

艾米抓住他的胳膊,说:"教授,我可不觉得你现在想回那里去。"她语气轻柔,伸手把他拉回来,关上了门。

"可是……"

"我知道,这些东西一时很难接受。"她说。

"这是你的船吗,博士?你的飞船?"

"是呀!它棒极了,不是吗?"博士边喊,边专心地拍打飞船的控制装置。

"太不可思议了!它……它……"

"很大？"罗瑞提醒道。

安吉克里斯特笑出了声，原地转身，竭力将一切收入眼底，"对，它很大！"

他觉得喘不上气，心脏在胸腔内怦怦直跳，他几乎觉得心脏要爆炸了。"这是怎么……"他说了一半，就想不出合适的词儿来了。

"跨维技术！"博士在控制台那边大喊一声。他跳来跳去，仍然在转动各种旋钮，检查读数。

"换句话说，里面比外面大。"罗瑞笑着说。

"里面比外面大。"安吉克里斯特重复道，"的确如此。"

"格雷迪亚斯教授会惊叹不已的。"阿尔文环绕一圈，抬头看着闪闪发光的中心柱，"这一直是她的梦想……这样的一艘飞船。"它的声音中充满赞叹。

"太神奇了。"安吉克里斯特说，"你们一定亲眼见过许多了不起的奇观……"

"啊，你会习惯的。"艾米漫不经心地说。她跳到台阶上，走向博士，"有时候也不怎么尽如人意。"

博士抬头看了她一眼，一副遭到冒犯的模样。"现在我们来看看这条维度裂缝，好吗？"他握住带折叠铰链的显示器的边缘，把屏幕拉得离自己更近一些，然后全神贯注地查看上面显示的内容。"哦。"过了一会儿，他说，"哦，那可真是不妙，非常不妙。"

"怎么了?"艾米问道。

"它太大了。"博士的声音低沉严肃,"这条裂缝太大了。简直是宇宙结构中一个巨大的洞,大到可以让一辆双层巴士穿过。"他似乎抖了一下,"事实上,我曾经这么做过[1]。那并不是什么愉快的经历。"

"太大了会怎样?"安吉克里斯特问道。

"我本来计划用塔迪斯……"博士说,"乘塔迪斯穿过裂缝,使其向内部坍塌。但是这个洞太宽了,产生的压力会导致塔迪斯内爆。"

"嗯……"罗瑞说话时,每个人都转过来看着他,"原谅我这句显而易见的废话,但是,这是个坏主意,对吧?"

"我觉得,我们需要一个新的计划?"艾米说。

"如果塔迪斯内爆了,会发生什么?"安吉克里斯特看着博士问道。

"嗯,就是……宇宙的终结,时间的裂缝。还是那一套。我们可不想再经历一遍了[2]。"

博士站在塔迪斯的控制台后面,手指不停地敲打太阳穴。他来回踱步,其他人只能默默看着。

---

1. 详见新版《神秘博士》2009年特辑《死亡星球》。
2. 详见新版《神秘博士》剧集第五季。

过了一会儿,艾米问:"那 B 计划呢?"

"B 计划?"博士说,"B 计划?对,有道理。B 计划总是有的。"

"然后呢?"她想引着博士多说几句。

"然后……我正在努力想。"他说着叹了口气,跨过栏杆,又回到控制台旁。他前额蹙起,陷入沉思。

"博士。"一个声音忽然响彻整个塔迪斯,除了阿尔文和博士外,所有人都缩了一下身子,被突如其来的巨响惊得捂住了耳朵。"博士。"那声音再次响起,这一次,他们很快明白了这邪恶的嘶嘶声是谁发出的。

"博士!是蜂暴。它们是怎么做到的?"艾米急切地问,"它们在塔迪斯里面吗?"

"啊,你真聪明。"博士对那声音说,"你真的太聪明了。"安吉克里斯特从他的语气中听出了赞赏。

"博士?"罗瑞说。

"它利用了塔迪斯的心灵感应回路,操纵飞船的精神矩阵。蜂巢在通过塔迪斯和我们对话。"他说。

"博士,我们认为你是与我们旗鼓相当的对手,确实没错。"那低沉有力的声音说。

博士一手放在控制台上,轻轻说了一句:"对不起,老姑娘。"然后他冲着蜂巢思维喊道:"你能小声点不?"

"我们非常期待吸食你的精神的机会,博士。这一刻即将到来。你的塔迪斯对蜂巢来说是一件宝物。我们将在这个宇宙生息,扩张到这个实体世界中每个你能想到的时空。"

"这就是你急着吸食我的精神的原因吗?"博士说,"啊,你太让我失望了。真的。我本来以为你能有点创意呢。嗯,我向你保证,我不会让这种事发生的。无论怎样,我都不会让你得到塔迪斯。"

蜂暴大笑,那声音让安吉克里斯特感到胃部一阵翻腾。"你别无选择。再过几个小时,这城市就沦陷了。蜂巢即将显现。这宇宙会是我们的囊中之物。"

"博士,我们该怎么办?"艾米问道。她的语气中透出几分绝望。安吉克里斯特自认识艾米以来,第一次觉得,这个女孩看起来勇敢侠义,但其实也和其他人一样,会脆弱,会害怕。可能,只有镇定自若的博士是个例外吧。

博士隔着控制台迎上她的目光。"我们要阻止它们。"他毅然说道,"这就是我们要做的。蜂暴一旦占有了塔迪斯,就不可阻挡了。它们会像瘟疫般传播,散布整个宇宙,不仅会毁掉所有世界,也会抹去所有已知的时间点。所有物种都会在一瞬间消失。存活下来的只有蜂巢,它无处不在、无所不知。"博士转向安吉克里斯特教授,"教授,我们需要返回你的实验室。"

"好的,博士。"他回答道。他很高兴自己多少帮得上一点儿忙。

"但是，那些生物……"阿尔文说，"它们爬满了整艘飞船。即使有扩音设备，我也不相信我们能震慑住所有蜂暴。"

博士笑笑，"那我们就走捷径。"说罢，他将手伸向控制台，按下几个按钮，然后用力拉下控制杆。飞船随即在众人脚下剧烈震荡起来。"抓紧！"他喊道。

塔迪斯内部响起一阵刺耳的呼哧声，地板突然斜向一侧，很快又斜向另一侧，安吉克里斯特向前一跌，急忙抓住附近的栏杆。控制台中心的玻璃柱随着飞船节奏稳定的呼哧声起起落落。安吉克里斯特竭尽全力抓紧栏杆。

片刻之后，轰隆一声巨响传来。然后，一切都安静了。

11

【1910年10月17日,伦敦】

"好了!"博士说着愉快地拍了下手,"我们到了!"

艾米松开一直紧握着控制台的手,从上面跳下来,跑到阿尔文和罗瑞所在的位置。

安吉克里斯特眼中依然满是疑惑。"什么?我们已经换地方了?你是说这艘飞船刚刚带我们跨过了半个伦敦?就这几秒钟?"

"当然!"博士欢快地说,"我们现在就在你的实验室里,教授。只怕我又得去你的工作室翻找一番了。"

"哦……啊……请便。"安吉克里斯特说。现在的情况让他有点儿不解。在他的实验室里?不可能吧?交通工具怎么可能直接进入室内呢?

他看着艾米目标明确地大步走向门口,打开门,消失在门外。"啊,房间不错,教授。"她的声音从开着的门外传来。她突然在门框边上探出头，对罗瑞说："你来吗？"

安吉克里斯特有些迟疑地松开紧握栏杆的手，这时他才意识到，因为用力过猛，自己的手指关节都变白了。他弯了弯手指，以恢复知觉。他向来不是容易紧张的人，面对一切都从容不迫。他曾与各种怪物战斗，其中既有人类也有野兽；他也走遍了半个地球，接触过迥然不同的文化。但是这个……这样乘一艘飞船旅行……他实在想不明白个中奥妙。他说不出话来，只觉得整个世界都颠覆了。

"走吧，教授。没关系的，真的。"博士说着，走到他身边，一只手放在他肩膀上，以示安慰。

安吉克里斯特任博士将自己带到门口，紧张地向外看去。

门外果然是他的实验室。他看到这些熟悉的东西时，不由得露出笑意——书架旁的扶手椅、仍摆满博士今天早些时候扔在那里的工具和设备的咖啡桌，埃及石棺笔挺地靠在远处墙边。那个珍贵的发条猫头鹰咕咕叫着，在栖木上换脚跳来跳去，发出咔嚓咔嚓的声音。

他跨出门，一脚踩到毛茸茸的红地毯，终于如释重负。他的鼻腔里充满熟悉的霉味。没错，他回到自己的实验室了。不会错的。他回头见博士也跟在后面从塔迪斯里出来了。"这真是奇迹，"他说，"彻头彻尾的奇迹！这个……这个满是绝技的盒子——它一定是魔术师的作品！"

博士靠在门口笑了，"魔术师吗？我觉得我称得上。"

"哦，教授你不要理他，他已经够自以为是了。"艾米开玩笑说。

"嘿！说啥呢，庞德。"博士走出来，让阿尔文也出来加入大家。博士转身拍了拍警亭的木门框。"我可不知道，要是没有它我该怎么办。"他补充道，"估计这真是某种魔法吧。"

安吉克里斯特笑了，"谢谢你，博士。"他说。

他穿过房间，走到艾米和罗瑞身边，他们正在屋子里闲逛，翻看教授几十年来积攒的各种物品。

"这可真是男孩子的宝藏房间。"罗瑞说。显然，他已经被这些从冒险中得来的纪念品迷住了。他摸了摸一块泥板，上面刻着用古代楔形文字写给众神的信。艾米满眼爱意地看着他。

阿尔文则一言不发，默默地消化这里的一切。它似乎是最不自在的那个。这个机器人似乎知道自己并不属于这个世界——这个蒸汽和工业的时代。它在这里算是时空错位的怪人，无法理解周围的一切，无法像其他人一样融入。

不过，一切不止如此。安吉克里斯特非常确定，这个机器人似乎被一种强烈的失落感折磨着。这是身处错误的时空所导致的症状——他无意中听博士说阿尔文是来自二十八世纪的遗物——还是有其他更深层、更私人的原因呢？安吉克里斯特不知道，但他估计自己帮不上多少忙。

教授回头看了一眼塔迪斯。从这里看起来,这个木盒子仿佛一直就在他的实验室里,一直就在希腊大理石和木制尼安德特人模型之间。只是他收藏的另一个奇怪的物件而已。

他觉得这就是博士和阿尔文之间的不同。不是说他们一个有血有肉而另一个是钢铁和橡胶,而是博士似乎很能"融入"。对博士而言,这些都不费吹灰之力——他进入自己生活的方式、他与人交流的风格——甚至是他对待蜂暴的方式。博士同样来自另一个时空,但他似乎适应性很强,走到哪里都可以抵消那种失衡感,与周围环境相协调。这真的很令人钦佩,即便是安吉克里斯特这种经验丰富的人也这么认为。他不禁对博士的实际年龄大为好奇。

现在,博士正忙着在实验室里四处收集各种零件。博士忙了半晌,每每往怀中的零件堆里添新东西时,就发出一声赞叹。然后,他像走进糖果屋的孩子一样开心地吁了口气,扑通一下坐在扶手椅上,将一堆金属片和几卷铜线分别放在咖啡桌上。紧接着,他又拿来之前做的扩音器和教授最好的礼帽。

"罗瑞。"他依然看着那堆乱七八糟的东西,没有抬头地说。他已经开始目标明确地翻找自己需要的零件,"我还需要塔迪斯里面的一些东西。"

"有人要喝茶吗?"安吉克里斯特问。他突然想起了自己作为主人应有的礼数。家里好多年都没来这么多客人了,而刚刚搭乘博士那艘特别的飞船回来,让他一时有点晕乎。

"好主意。"博士说,"我们正需要它呢。"

"还有吃的。"艾米满怀希望地说,"你有吃的吗?距我们上次好好吃饭,已经有三天了。"

"当然。"安吉克里斯特点头道,"我尽力而为。阿尔文先生?"他不确定自己这样称呼对方是否合乎礼数,"你需要什么吗?"

"不了,谢谢你,教授。我现在什么都不需要。"对方的语调依然一成不变。

安吉克里斯特觉得,这个人造人需要的东西其实不少,只不过他或这间屋子里的任何人都帮不上忙。"好吧,请大家不要客气。"他说,这句话似乎有点多余,"我很快就回来。"

教授走向厨房时,还想着昨天发生的事。他不敢相信,自己会在这种时候操心起家务事。几分钟前,他刚在河边的一条小巷里遇袭,现在外面还有一大群蜂暴,意图感染整个伦敦。但是,正如博士所说,这正是他们需要的。他想尽自己的一份力。无论要做些什么,他都希望自己是有用的。

十分钟后,安吉克里斯特端着一盘匆忙做好的三明治和满满一壶热茶回来了。博士和阿尔文坐在咖啡桌旁热烈地讨论着,艾米和罗瑞仍在欣赏那些他在工作时积攒的零碎物品,在成堆的杂物中寻找宝藏。看到有年轻人对自己的收藏如此着迷,他还挺开心的。对于那个年纪的多数人而言,这些不过是花了一生时间收集,舍不得扔掉的垃圾而已。

当然,在他眼里,这些东西无论本身值多少钱,都是无价之宝。每一件都是。于他而言,每一件都是一段记忆,是生活的一部分,是他曾经做过、以后再也不会做的那些事的碎片。这样的想法让他有点难过。他的一生也就这样了吗?只剩格罗夫纳广场一栋孤零零的房子里的一堆垃圾?他总是忙得不可开交,一直没有结婚,从来没有时间谈恋爱,最多偶尔那么一想。他虚度了一生吗?他把自己最好的年华都花在了驱赶敌人上,最终却不得不在蜂暴手下输得一败涂地吗?

也许这不是真的。也许他只是多愁善感。博士让他发现自己仍有一颗老骥伏枥之心。是的,就算自己最后会死在蜂暴手里,也一定不会让蜂暴好受。

他还意识到,自己对博士颇有信心。他解释不出原因,但是打从心底信任博士。对方身上有一种魔力,那充满活力的个性总是能激发安吉克里斯特的斗志。他会出手抗争,不成功便成仁。

不过,现在他还有正事要做。

安吉克里斯特将托盘递给艾米和罗瑞,二人感激地将注意力转到速制三明治上。然后,他倒了一杯茶,走到博士和阿尔文那里,二者的谈话断断续续,快要结束了。博士仍然忙着摆弄桌子上的一堆小玩意儿,用奇怪的工具把两个组件连到一起——那个工具根本不像能用来做东西的,反而像是一把尖端闪光的叉子。

"博士,照你之前说的那些话来看,我们仿佛已经见过。"阿尔文说,"不过我没有印象。可能是你搞错了?"

博士依然盯着手里的两根电线,看着它们之间发生的微妙交流。他无奈地叹了口气,似乎早就等着人造人问这个问题。"我们之前见过的,阿尔文。在未来,你所处的那个时代。你还帮了忙。"他说。

"我不明白。"人造人说。

"这很复杂,阿尔文。塔迪斯可以穿越时空,和格雷迪亚斯教授的飞船一样。呃,比格雷迪亚斯教授的飞船更成功。但这不重要。"他嘴里叼着一根铅笔状的东西,伸手摆弄着腿上的物件,"你未来的经历是我的过去。"博士嘴里叼着他的工具,慢慢说道。

安吉克里斯特听到这里挑了挑眉,但并没有插嘴。

"所以我回去了?"阿尔文问。安吉克里斯特惊讶地发现,对方虽然脸部受损严重,但竟能用简单的表情表达出丰富的情绪。他确定,那并非简单的模仿所能做到的。

博士停下手里的活儿,抬起头隐晦地说:"你回家的路很漫长,阿尔文。"他的神情明显在说,这件事只能聊到这里了。然后他把注意力放回腿上的设备上,将一卷铜线放置就位,固定在扩音器的框架上。

"你在做什么呢，博士？"安吉克里斯特试着打破这阵尴尬的沉默。

"哦，就是改进一下。"博士说，"修修改改。"但在安吉克里斯特看来，这个装置看起来更奇怪，也更不专业了。

他正想问问博士这个设备有什么作用，塔迪斯开着的门里突然响起一个沉闷的声音，安吉克里斯特不由得龇了一下牙。"博士，时间快到了，很快，你就是我们的了。"

"人太出名就是没办法。"博士不无讽刺地冲安吉克里斯特眨眨眼，"抱歉，教授。它们来了。我们把它们引到你家了。"

"这不是你的错，博士。你也没有办法。"他扭头听到蜂暴的利爪凶神恶煞地敲着窗户，房顶、墙上、门上，到处都传来窸窸窣窣的擦刮声。"我们得跟它们抗争，就在这里。"他说。

"你们要做的是抵挡它们。"博士说，"不让它们靠近，坚持几分钟就好。"

阿尔文站起来走到窗前，语调平稳地说："蜂暴有上百只，它们已经爬满了整栋房子。"

楼上某个地方传来玻璃打碎的声音。

"保护好自己！"安吉克里斯特喊道。他站起来，冲向一个玻璃展示柜，拉开门，抓出一根中世纪狼牙棒举在手里，其重量和手感让教授感到一分慰藉。

"它们越来越聪明了。"博士说,"蜂巢越强大,工蜂也越聪明。要小心。"

实验室的门剧烈晃动,紧接着传来蜂暴试图闯入发出的咔叽声。艾米跌跌撞撞地后退几步,离门远了一点。她拿起一尊青铜佛像,那是安吉克里斯特在二十年前去东方旅行时买的。她把佛像举过头顶,准备在那生物破门而入时砸向它。

几秒钟后,窗户碎了,阿尔文大喊一声,打中了一只想从破洞里挤进来的蜂暴。阿尔文用仅有的一只手摁住它的脸,奋力把它推了出去,那只蜂暴四脚朝天地摔在街上。但几秒钟后,又有两只出现了,安吉克里斯特冲上前帮阿尔文,用尽全力挥舞那根狼牙棒——它撞向蜂暴闪光的利爪时,安吉克里斯特听到了骨头碎裂的声响,心中很是满意。

"快点,博士!不管你在做什么都快点!"他喊道,同时听到左边的艾米尖叫一声。她把佛像砸到一只蜂暴的肩上,后者刚砸开门挤进来。艾米那一击让它瘫倒在地,一动不动。

罗瑞站在她身边,手里紧紧握着尼安德特人的木棍。当又一只蜂暴从坏掉的门里探出头时,他一边挥舞着木棍,一边惊恐地啊啊大叫。

"你们的反抗是徒劳的。"塔迪斯里传出的声音说,"蜂巢无所不知,蜂巢无所不晓。我们是一支军团。"

"别理它!"博士喊道,"不要让它影响你们。"

"事实证明,这相当困难。"罗瑞咬紧牙关,抬起胳膊肘对着一只蜂暴的脸打了过去。艾米则将无价的罗马马赛克碎片扔向另一只蜂暴。

"快好了!"博士大声说道,"马上就……"

"我要抵挡不住了!"阿尔文在窗边喊道。

"好了!完成!"博士喊道。安吉克里斯特回过头,见博士站起来,张开双臂,蓬乱的头发上扣着那顶礼帽。"你们觉得怎么样?"他问。

"我不是说过别戴帽子吗?"艾米一边咕哝,一边和罗瑞一起把古老的木制石棺推过门廊,堵住门,设成路障。一只蜂暴的爪子从破碎的房门外伸进来,在装饰精美的石棺上割出一道道划痕。安吉克里斯特不禁心疼地叹了口气。

"这是顶礼帽!"博士说,"礼帽很酷。尤其是这顶。"他捏着帽檐把它取下,露出里面错综复杂的电线和各种零件。

"这是什么?!"罗瑞的语气介于恼怒和绝望之间。

"这个吗?"博士说,"这就是 B 计划。"

12

【1910年10月17日，伦敦】

"别光站着了！快动手！"艾米喊道。博士又把帽子戴回头顶，然后从桌子上的杂物堆中拿起音速起子，她不由得冲他翻了个白眼。

"啊，没错。这就是问题所在。你看，事情没有那么简单。"

"什么意思？"安吉克里斯特加大音量，努力让自己的声音盖过窗边那些生物的嘶嘶声。他挥动狼牙棒，将一只蜂暴抡回大街上。"你说你刚刚只是做了一些改进。你不能用它击退蜂暴吗？"

博士赧颜道："呃，我提到的那些改进……并不是那样。现在，它起到的是反作用。"

"你是说，那玩意儿会吸引蜂暴？"艾米难以置信地说，"博士……"

"没错。你想，蜂暴想占有塔迪斯，而这颗星球上唯一会驾驶塔迪斯的人是我，因此……"

"它们需要你。"艾米说,"可是我们早就知道这一点了。"

"艾米,不仅如此。对于蜂巢而言,目前,我的精神是这个宇宙中最美味的食物,美味到每只蜂暴都想努力得到它。昨天它们已经在小巷里尝到过甜头,知道我能提供怎样的美味。那和你们人类的精神完全不同。"博士顿了一下,继续说,"人类的精神或许已经令蜂巢高兴,但是,它在见识过时间领主的精神深处后,就会想要解锁其中的秘密。"

"博士,你说的这些确实很有意思,可它们到底是什么意思呢?"罗瑞问。他把一件件古董珍藏堆放在门口,堵住门。

"这顶帽子会放大精神信号,将其放大到前所未有的强度。对城里的蜂暴而言,这就是一座灯塔。它们无法抗拒,会成群结队拥来。一旦我启动这个美妙的设备……要是你觉得现在这里的蜂暴已经很多了,到时候不妨长长见识。"

"这对我们有什么用?"艾米疑惑不解地问。

"这意味着我可以带它们去任何我想让它们去的地方。"博士笑道,"也就是说,我能让它们回到裂缝去,一只不落。这顶帽子会将信号传到很远的地方,召唤它们过来。"

"就跟花衣魔笛手[1]一样,"安吉克里斯特说,"将老鼠引

---

1. 欧洲传说与童话中的人物,能吹起笛子吸引老鼠。

向末日。"他必须承认，博士的胆魄让他很钦佩。

"嗯……"博士并不完全赞同这种说法，"不如说是把它们送回它们该去的地方。"

"你打算怎么做？"艾米问，"你说过，用塔迪斯关闭裂缝太危险了。"

"确实。"博士说，"但是1910年还有另外一艘时间飞船呢。虽然是一艘坏了的试验飞船，但它也足以将裂缝补上。"

艾米皱了皱眉，"也就是说，你要制造一场内爆？将伦敦所有蜂暴都引到裂缝那里，然后引爆时间飞船，将它们送回时间的另一侧、它们自己的维度？这样，我就明白了。"

"砰！"博士灿烂一笑，十指张开做了个爆炸的手势。

"我喜欢B计划！"艾米也笑出声来，"为B计划欢呼！"

"那现在怎么做？"罗瑞问，"回到塔迪斯里，穿城去时间飞船那儿？"

博士摇头。

"不是吗？"罗瑞说，"不，当然不是。事情永远没那么简单。"

"塔迪斯会受到牵连。"博士遗憾地说，"蜂巢几乎已经完全显现。现在我们不能冒险让塔迪斯去任何地方。附近的蜂暴太多，蜂巢思想可能会横加干预，改变飞行路线，甚至做些更糟的事。"他走到塔迪斯旁把门拉上，"另外，我们也不能冒险把它卷进时间内爆。它必须远离维度裂缝。"

博士看了一眼安吉克里斯特,然后又转过身去面对塔迪斯,"那么还是……"他话没说完,再次陷入沉思。他推开门钻进去,安吉克里斯特听到博士跑向中心控制台的脚步声,随后便是不停地按动按钮、拉动控制杆的声音。几秒钟后,博士面带微笑地出现,挥手关上门。"对了,我们刚刚说到哪儿了?"他有点上气不接下气地说。

"教授,来搭把手。"阿尔文说。安吉克里斯特环视四周,见人造人正将一个高大的桃花心木碗柜拖向窗边。"可以暂时堵一下。虽然坚持不了很久,但可能给我们争取一点时间。"它似乎并没有注意到,从残破的窗户外边伸进来的利爪划破了自己背上的皮肉。

安吉克里斯特和罗瑞赶忙过去,帮着将这件沉重的家具搬到合适的位置,然后用力一推,让它抵在窗边。光线都给挡在了外面,屋里的一切都笼罩在一片黑暗中。

"不能用塔迪斯的话……博士,我们怎么去那艘时间飞船那里?"艾米问。

博士伸出一只手摸了摸下巴,"哦,有很多种办法。"

"抱歉,博士。"安吉克里斯特说,"我不认为这里面有谁能走出这间屋子。至少没人能活着出去。那些该死的东西真的太多了。"

"说得对，教授。"博士摇晃着手指，"你说得很对。我们的胜算的确不大。"他顿了顿，像在思考什么，"但是，这些问题之前从未难倒过我。不管怎样，我们有一件蜂暴没有的东西。一件足以改变一切的东西。"

"是什么？"安吉克里斯特问。

"你的汽车。"博士笑着说，"精妙的机器，真正的经典。用来穿城真是再合适不过。"

窗边的碗柜砰的一声晃动一下——蜂暴们开始用身体撞击这个障碍物。"坚持不了多久了。"阿尔文再次提醒大家，"它们随时都可能闯进来。"

"博士，是我傻了吗……要用车的话，我们不得先到车那里去？"罗瑞说。

"是的。"博士说。

"它不是停在马路对面吗？"

"是的。"博士重复道，"安静点。我在思考。"他在房间里走来走去，那穿着粗花呢夹克、戴着领结和礼帽的模样，看起来有点滑稽。

"我来吧。"阿尔文突然宣布。博士停下来抬头看他，脸上满是担忧。"我可以分散它们的注意力。"阿尔文接着说，"如果我逃出去，它们可能会来追我。至少暂时会。这能给你们争取到足够的时间，跑到汽车那里。"

博士沉吟道:"不行,阿尔文。我不能让你这么做。它们会把你撕成碎片的。"

阿尔文迎上博士的目光,"我回家的路很漫长,博士。我并不属于这里。至少,让我帮帮忙吧。"

"不行。"罗瑞说着走上前,像是要拦住阿尔文,不让对方走向门口,"博士?"

博士叹了口气。

"博士!"艾米喊道,"不能这样!"

"我们还有别的选择吗?"博士说,"教授说得对。我们只能上车,否则没法离开。那么多生命都危在旦夕啊。"他从夹克里掏出音速起子,走到阿尔文身旁,用音速起子发光的那一头对准对方胸腔的金属板。

"你在做什么?"人工智能问。

"哦,只是一些小小的调整,没什么好担心的。这能让塔迪斯之后更容易找到你。"

"你的过去,我的未来。"阿尔文歪着嘴笑了一下。安吉克里斯特想,这是自己第一次看到那人造人露出笑容。

"差不多是那样。"博士心情沉重地应着,伸手拍了拍阿尔文的肩。

人造人转向罗瑞和艾米时,安吉克里斯特仔细看着对方苍白的模样。它对罗瑞和艾米说:"谢谢你们做的一切。"

罗瑞上前拉住机器人的手,说:"未来见。"

艾米踮起脚,双臂搂住阿尔文的脖子,紧紧抱住它。"一千年后见。"她说。

最后,人造人转向安吉克里斯特,"能认识你,我很荣幸,教授。"

"我也是,阿尔文。"他应道。

阿尔文庄严地走向门口,将障碍物推到边上,打算用自己的独臂抬起石棺。安吉克里斯特为对方的勇气动容,在罗瑞走上前帮忙时,他也过去搭了把手。那一刻,安吉克里斯特觉得,这个人造人比他这些年遇到的那些流氓无赖更有人性,甚至比神秘的博士更像人类。

挤在门口的蜂暴们趁防御突然松动想要强行闯入,张牙舞爪地在阿尔文身上抓挠。阿尔文似乎并不在意,它挤进蜂暴之中,攻击它们,把它们拍到一边,向门外走去。

没过多久,它就消失在那片胡乱挥动的灰色胳膊中。

正如他们所料,门廊上的蜂暴都向阿尔文冲了过去,一时间,他们这边的包围圈松动了。

"趁现在!"博士说,"不要辜负了这一切。"

四人一起冲出实验室早已破烂不堪的门,罗瑞手中依然紧紧攥着尼安德特人的木棍,教授也拎着狼牙棒。

"从这儿走!"安吉克里斯特边喊,边带着他们朝厨房跑去,"这儿还有一条可以出去的路。"他听到外面那条街上的蜂暴在袭击阿尔文时发出的嘶嘶声。一想到它们可能对它做的事,教授就很不安。他决定听博士的,不要辜负了这一切。

他听到楼上蜂暴搞出的碰撞声,它们想通过破碎的窗户挤进来,切断他们的逃生路线。但是,这所老房子为了应对不期而至的外星入侵者,早已暗藏玄机。

在一扇白色木门前,安吉克里斯特停了下来。"从那儿下去!"他推开门,指了指前面的一处石阶。

"去地窖里吗?"罗瑞疑惑地问道,"我以为我们要往外逃?"

安吉克里斯特点点头,气喘吁吁地说:"是的。房子的侧面有一个入口和这间地窖相连。我们从那里上去就能逃出去了。"

"太好了!"博士说完便咚咚走下楼梯,"棒极了!"其他人也都紧随其后,安吉克里斯特殿后,将门关好。

地窖里黑暗阴冷,空气中弥漫着潮湿的泥土味和霉味。博士从口袋里掏出音速起子举在头顶,像火炬一样照亮前面的路。

安吉克里斯特挤到前面,带领众人穿过堆放杂乱、如同迷宫的木箱,它们大多是他过去积攒的废旧杂物。他已经很多年没有下来了,几乎已经忘记这些堆放得整整齐齐的包裹中装的是什么。尽管他还会过问警方的事务,尽管楼上实验室里堆满过去生活的纪念,但是他确实认为自己已经结束了充满冒险的生活,认为自己年纪大了,力不从心。

他现在就是一个古董、一名老兵,宏伟著作中一条不起眼的脚注。但是,博士改变了这一切。博士像一个粗心大意、笨手笨脚的年轻人一样闯进他的生活,将他卷进这些疯狂的冒险,为他的生活注入新的活力和生机。博士让他想起什么是活着。要是几只寄生虫毁了这一切,那他可不得气坏了?

"这边走。"安吉克里斯特指向天花板上的一个出口。

"我们怎么上去呢?"艾米问。

"拖几个箱子过来吧。"罗瑞说。他拖来几个箱子,飞快地堆放在墙边。他们四个一起将箱子越摆越高,搭成一个简易的台子,这样就可以够到天花板上的活板门了。

博士第一个跳上去,他伸长脖子,耳朵贴到木门附近。"听起来它们还没放弃。"然后,他嘴里咬着音速起子,双手用力推了推活板门。门嘎吱一响,尘土簌簌落了他一身。

"呸呸呸!"博士呛得咳嗽几下,用胳膊肘擦了下脸,露出一脸沮丧。他轻轻掸掉礼帽边缘的灰尘——安吉克里斯特心想,这可是自己最好的礼帽——然后小心地将活板门推开。阳光从小小的开口处斜射进来。

事不宜迟,博士跳起来抓住开口两边,扭动着屁股钻了出去。安吉克里斯特在下面看着,紧张地等待后续。外面仍有蜂暴的嘶吼传来,那些家伙将他心爱的房子毁得七零八落。

博士那边半天没有动静,安吉克里斯特看到艾米和罗瑞交换了一个担忧的眼神。这时,博士的脸突然出现在门口,脸上的表情让人想起激动的小男孩儿。地窖里的气氛顿时随之轻松下来。"没有危险,"他说,"算是吧。"然后招呼艾米道,"快来吧,庞德。"

艾米爬上箱子堆,向博士伸出手,后者俯下身,挽着她的胳膊,哼哧哼哧地把她拉上去。

"该你了,罗瑞。"过了一会儿,博士再次出现在开口。

最终,安吉克里斯特难过地最后看了一眼自己的家,爬上摇摇晃晃的箱子,由博士和罗瑞一起把他拉到外面耀眼的阳光下。

外面的景象很恐怖,远比他想象的糟糕。房子外表爬满蜂暴,没有一寸露在外面,成千上万只蜂暴无情地拆毁了房子的一砖一瓦。教授眼睁睁看着它们破开窗户,撬开窗框扔到外面的地上。它们还在房顶上凿出一个洞,然后像倒进玻璃杯的液体一样,一股脑儿涌了进去。

屋外,阿尔文还在街上,它现在只剩闪光的金属骨架,但依然踢打、阻挡着蜂暴。蜂暴不断向它扑去,企图把它仅剩的那条胳膊从插槽中拔下来。

"快!"博士说道。他指着马路对面安吉克里斯特的汽车,向它跑去,然后跳进车里,坐在驾驶座上。

有那么一刻,罗瑞似乎想跑过去帮助阿尔文,但是艾米拽住他的胳膊,跑向等在一旁的汽车。他们慌忙坐上车,安吉克里斯特非常不安,手中仍紧紧攥着那根狼牙棒。他坐到前排,匆匆松开手刹。

引擎发出轰鸣,但是没有启动。

"啧,你一定是在逗我!"艾米骂道。

附近栏杆上蹲着的某只蜂暴歪头缓缓转了过来。那红色的眼珠闪着光,像是认出了他们。它跳下栏杆,展开膜翼,向四人滑翔而来。

"先别往那边看,"安吉克里斯特说,"不过,它知道我们在这儿了。"

房子这边的蜂暴齐刷刷转过头来看向他们。

"快走!"艾米喊道。

那只蜂暴撞向汽车引擎盖,压坏了一盏车前灯;它的利爪刺穿了薄薄的金属盖。那只怪物爬上挡风玻璃,眼看就要抓到博士,安吉克里斯特站起来,冲它挥起狼牙棒。它灵巧地躲过教授的攻击,爪子打碎了挡风玻璃。

"加油,教授!"博士喊道。

安吉克里斯特拼命地再次捣鼓手刹。这一次,机器发出咔嗒一声,引擎呜呜启动了。

"好多蜂暴扑过来了!"罗瑞在后座喊。

博士猛踩油门,汽车突然向前一冲,蜂暴从侧面滚落,撞到仪表盘，弹了出去。汽车呼啸着离开时，安吉克里斯特险些被甩出去，罗瑞急忙俯身抓住他的胳膊，把他拉回座位。

蜂暴从四面八方袭来，博士则开着车在路上拐来拐去。安吉克里斯特不确定他是想躲开它们还是甩掉它们。不管是哪一种，似乎都没有成效。

车子沿路疾驰，安吉克里斯特回头看了一眼他的房子，见终究落了下风的阿尔文被两只蜂暴叽叽喳喳地抓着，飞上天空。它们肆无忌惮地撕扯阿尔文的四肢，像是要把它撕成碎片。它们从低空掠过屋顶时，阿尔文的一条腿就在空中晃来晃去。安吉克里斯特一阵怒火中烧。

他们身后的蜂暴渐渐在空中聚集，仿佛厚重的阴云。"它们太多了，博士。越来越多了，就要追上来了！"

"嗯。"博士说着，伸手在帽檐下触发了什么，"好戏才刚开始呢，教授。"

13

【1910年10月17日，伦敦】

罗瑞不敢相信，博士竟能将这辆旧式敞篷汽车开出如此快的速度，仿佛它的外表只是假象。罗瑞觉得，从表面上看，与其说这是汽车，不如说这是一辆装了马达的黑色四轮马车，但是，不知道博士做了什么，竟能让它风驰电掣。

虽然这辆车的技术在他看来已经过时，但这车可能本身比较新。这个时代和他的时代至少相差一百年嘛。他也很好奇，博士先前是否用音速起子调整过它，以提高其性能。如果是的话，他也不会惊讶，毕竟这车跑得差不多跟他那辆迷你一样快。

罗瑞待在汽车后排，跪坐在艾米旁边，手中依然紧紧攥着从教授实验室拿来的那根尼安德特人的木棍，双眼警惕地关注着空中动态。

后面那一大群蜂暴遮天蔽日地蔓延开来。在罗瑞看来，天空仿佛裂开了一条口子，里面喷涌出大量寄生虫。成千上万只蜂暴从天而降，目光所及之处都是它们的身影。它们扇动膜翼，朝这辆车——更确切地说是朝着博士——飞来。天空仿佛突然乌云密布，连阳光都变得朦朦胧胧，时有时无。

博士似乎不怎么控制得住汽车。它疯狂地从马路一边冲到另一边，在转弯处也以近乎飘移的方式滑过，博士驶过蜿蜒的街道时，汽车侧向一边，只有两个轮子着地。引擎遭到虐待，抗议般发出响亮的噪音，罗瑞有点担心过不了多久这辆车就会弃他们于不顾。但愿他们能在此之前顺利到达目的地。

让人恼火的是，博士好像非常乐在其中，他脸上洋溢着笑容，还腾出一只手抓住礼帽，以防突然刮起的风把它吹走。

"开稳一点！"罗瑞向博士喊道。这时，一只蜂暴突然从路灯灯柱上向他们扑来，露出獠牙嘶嘶叫着直奔罗瑞，像是要把他从座椅上拽走。

罗瑞摇晃着站起来，尽力保持平衡，拎着尼安德特人的木棍全力敲下，咚的一声，正好打中那只蜂暴的胸膛。汽车疾驰而去，它蜷身坠下，滚到了路边。

罗瑞跌坐下来，心脏怦怦直跳。

"哦，穴居人。谁想得到呢？"艾米故意噘嘴逗他，"罗瑞·威廉姆斯用这么原始的办法保护了我。"

罗瑞觉得自己窘迫得脸都红了。他绞尽脑汁思索着机智的回答，但是大脑想不出什么合适的俏皮话。

几秒钟后,他按下艾米的头,把她按回座位里,避过另一只蜂暴扫来的利爪。

博士意识到他们遇到了麻烦,急忙转动方向盘,开车驶进一条狭窄的小巷。转弯时,车身斜向一边,罗瑞急忙歪过身子,头才没有撞到墙上。不过,车身另一侧蹭到了砖墙,顿时火花四溅,侧灯也炸了。那只蜂暴则被远远甩在后面的排水沟中,还在滚来滚去。

"对不起,教授!"博士尴尬地说。汽车在鹅卵石路上颠簸前行。一大群蜂暴紧随其后追进小巷,愤怒地咆哮着。

不一会儿,他们冲出小巷,迎面撞上来来往往的车流。车辆颠簸一下,猛地转弯,罗瑞左边传来一声尖叫。他环顾四周,只见一位推着婴儿车的年轻女子赶紧避开突然冲出来的汽车。

"呜哇——"博士惊呼着努力把车往右开,结果却撞到路边,开上了人行道。行人四散避让,周围响起一片咒骂和抗议。

"抱歉!"博士扯着嗓子大喊一声,奋力把车开回马路。人群惊恐地尖叫着四下退开。罗瑞一时想不明白,虽然博士的车技的确有些可怕,但怎么会让人们受惊至此,直到他抬头看见了可怕的一幕——蜂暴如乌云般遮蔽了整个天空。

"你来开车!"他听到博士对安吉克里斯特喊道,一扭头却见博士和一只蜂暴扭打在一起,那只蜂暴落在汽车引擎盖上,爪子伸过来,掐住了博士的喉咙。

博士不多废话,把它从挡风玻璃上拽进车里,它在车里不停地扭动挣扎,给努力探身控制汽车的安吉克里斯特带来了不小的困难。

艾米伸手拿起教授的狼牙棒——他握着方向盘,这根棒子就扔在座位上——举起来对着蜂暴的头狠狠砸下。它失去知觉,不再挣扎,博士把它举起来扔到车外。它重重地砸向路边的一个水果摊,几箱橘子和柠檬滚落在人行道上。罗瑞看到它们像彩色弹珠一样滚了一地。

博士摸摸头上的帽子是否还在,然后冲艾米顽皮一笑,转身坐回驾驶座,从安吉克里斯特手中接回汽车方向盘的控制权。

空中飞满蜂暴,它们汇聚成一顶巨罩,覆盖了整座城市。罗瑞简直觉得,他们这是被困在了巨大厚实的肉穹下。他的目光越过鳞次栉比的屋顶,却见蜂暴大军无处不在。

"想不到它们竟然有这么多。"他自言自语着,又探身对博士喊道,"博士,你知道自己在做什么吗?"

"但愿如此,罗瑞!"这回答实在令人不安。

"我绝对不要做这种事了。"罗瑞低骂自己。

"什么事?"艾米问。

"问他那些我不想听到答案的问题。"

艾米大笑起来,眼睛闪闪发光。他意识到,其实她也很开心。尽管此刻危机重重,尽管可怕的事随时可能发生,尽管她也感到害怕,但她仍然每时每刻都乐在其中。

"我爱你,艾米·庞德。"他说。她的回答却随风而逝了。

罗瑞坐回座位,拿着木棍,继续紧盯天空。前排的安吉克里斯特也一样。

"我们就快到了!"过了一会儿,艾米大声喊道,努力让声音盖过汽车引擎声,"我认得这条街,离我们最初到达的地方不远了。"

博士扭过来,用保证大家都可以听见的声音喊道:"我没有时间停车、开门。一旦减速,蜂暴就会赶上我们,而我得进到那艘时间飞船里。"他顿了顿,开车绕过一匹马和它拉的马车,马匹受惊后嘶鸣一声,飞奔而去。博士继续说:"你们做好准备,车一停下,你们就赶紧下去躲起来。明白了吗?"

罗瑞看了一眼艾米,二人向博士点头保证。

"你也是,教授。"

安吉克里斯特说:"好的,我准备好了。"

博士回头看了看路,又从碎掉的挡风玻璃上方望去,然后强行将车右转,猛踩油门,车尾直接甩上大街。一个前轮撞到路沿,颠得众人浑身疼痛。然后,他们驶进另一条窄巷,汽车两侧不时撞到墙上。罗瑞只觉得自己的胃都顶上了胸腔。

"准备好!"博士大喊,"要来了……"

"哦,不会吧,"罗瑞惊慌道,"他不会是要……"

"是的，"艾米笑着说，"他要开车直接撞进去……"

博士突然加速，直接冲向排屋那停着时间飞船的后门。罗瑞抱头准备迎接撞击。

"我们会死的！"罗瑞喊道，"我们都会死的！"

"杰罗尼莫！[1]"

木门在轰然巨响中成为一堆碎片，差不多已是一堆破铜烂铁的汽车冲了进去，左摇右晃地跌下石阶。车子向前滑行数米，终于在即将撞墙之前停了下来，副驾驶前方的车轮则陷进一片秋海棠中。

博士立马站起来，离开座位，向废弃的时间飞船跑去，从舱口钻了进去。

"快来！"罗瑞抓着艾米的胳膊，把她从汽车残骸中拉出来。他有些疑惑地看着艾米，而艾米只是点点头，看上去有一点茫然。

"教授，你受伤了吗？"罗瑞跑到车前方，对安吉克里斯特喊道。

"没有。"安吉克里斯特回答，"没有，我没事。"说着，他从撞得稀烂的车头里撑起了身子。

大群致命的蜂暴从众人头顶俯冲下来，它们在空中飞旋的模

---

1. 第十一任博士口头禅。

样就像一个巨大的漏斗。这时，天色仿佛凝固为永恒的暮色，也像日食般将世界突然笼罩在黑暗中。

"博士！"蜂暴的声音如惊雷般在城市上空炸响，上千只蜂暴异口同声地喊道，"我们很饿！"

"快躲到车后面去！"罗瑞边喊边跳进花坛，蹲在车后。汽车的一个后轮仍在慢慢转动，汽油从裂缝里渗出，罗瑞闻到了那股气味。

艾米和安吉克里斯特蹲在他身边，惊恐地看着蜂暴如雨点般落在时间飞船上。它们拼命想挤进舱口，在空中张牙舞爪。尖叫和哀号刺耳骇人，罗瑞、艾米和安吉克里斯特只能捂住耳朵，尽量遮挡噪音。

"啊，博士……"艾米担心地说。

罗瑞不知道该怎么办，也不知道该对艾米说什么，所以只能就这么看着，等着接下来会发生的事，等着博士做他要做的。

"哦，不！"安吉克里斯特忽然喊了一声——只见博士瘫软的身影出现在舱口。他虚弱地挂在一只蜂暴的爪子上面，像艾米小时候做的"邋遢博士"玩偶。礼帽从他头上掉落，那件夹克的背部也给撕成了碎片。

"博士！博士！"艾米站起来就要往前跑，但罗瑞抱住她的腰，把她拉回汽车背后相对安全的地方。她心有不甘地握拳捶向罗瑞。

不过，安吉克里斯特也站了起来。"滚开！"他对蜂暴大喊，冲上前去，手中的狼牙棒挥出一道道弧线，每次都会打晕几只蜂暴。他向前一跳，抓住博士，就在这时，蜂暴包围了他。他俩完全被它们遮住，看不见了。

类似金属炸裂的声音忽然响起，仿佛整个宇宙极痛苦地尖叫了一声。

随后，一片白光笼罩了周围的一切。

14

【1910年10月17日,伦敦】

罗瑞什么都看不到。

他感到自己正摊开双臂躺在一片湿泥中。他弯了弯手指,感受手指嵌进潮湿泥土中的触觉。他的头晕乎乎的。

他坐起来,揉揉眼,随即为自己这个动作后悔不已,然后花了好一阵子把沾了满脸的腐根烂叶挑拣完。他有些恍惚,分不清方向,隐约觉得有什么重大事件发生了,但无论如何都想不起那到底是什么。

他睁开眼,看到安吉克里斯特教授的汽车翻倒在地,旁边房子的墙上裂开一个大洞。于是,之前发生的一切都在那一刻涌上心头。

罗瑞站起身去找艾米。她无精打采地靠墙坐着,揉了揉后脑勺,晕乎乎地看着他朝自己走来。

"你的脸怎么了?"她问。

"哦,这个啊,是爆炸……"他这么说道,仿佛这便足以解释自己眼睛周围的泥巴圈的由来。他看到艾米的眼睛惊恐地瞪大,像是突然想起了之前发生的事。

她艰难地站起来,心急火燎地四处寻找博士和安吉克里斯特。她惊声道:"他们不见了,他们不见了!"

罗瑞看着她绕过汽车残骸,她的靴子在泥泞的地面上留下一串深深的脚印。他木然地跟在后面。

他抬头看看天空,那里已经全然没有了蜂暴的踪迹。蔚蓝的空中飘着几缕云彩,一群椋鸟在远处盘旋。几分钟前还一片混乱的世界,现在似乎安静得异乎寻常。

就这样吗?一切都结束了吗?

罗瑞走向时间飞船的船头在墙上留下的洞。透过它,可以看到厨房里面的样子。碗柜高高地摞着一些装饰性餐盘,桌上还摆着晚饭。时间仿佛凝固在了这一刻,仿佛这家人突然因什么事离开,却再也没能回来做完之前的事。

他伸手沿着洞的边缘摸了一圈。它如玻璃般光滑,就像有人用电动工具在砖墙上完美地切出一个圆,然后将粗糙的边缘打磨得光亮平滑。除此之外,只有几块破碎的石板和花坛上一条深深的沟壑可以证明,一艘时间飞船曾出现在此。

到处都没有博士和安吉克里斯特的身影。

"他去哪儿了?"艾米惊慌地问,"博士去哪儿了?"

罗瑞深吸一口气。他一直担心两人迟早会有这样一番对话——他担心，总有一天，在和博士一起旅行时，他会面临这样的窘境。而现在，他担心的事真的发生了。"我觉得他不在了，艾米。"

"嗯，我看得出来。"她怒气冲冲地说，"但是他去哪儿了呢？"她还在花园里拼命地找，似乎盼望着博士下一刻从某个地方跳出来。

"不，不，艾米。"罗瑞语气低沉地说，"我是说，走了。"

艾米转身用恳求的眼神看着他，"别说了，别说了，罗瑞。"

"我想，他和教授可能被卷进了那场内爆中。"他用近乎耳语的声音说，"他们和飞船一起被吸进了裂缝。"

艾米的脸上滚下一滴泪珠，罗瑞看得出来，她正竭力忍耐，不让泪水喷涌而出。他感觉自己的心随时都会碎掉。他走过去，把她搂进怀里，艾米也紧紧抱住他，头埋进他的肩膀。"会没事的，"他说，"我们都会没事的。"

他们拥抱着彼此，站了一会儿，刚刚发生的事情让两人都有些木然。

罗瑞觉得，被困在1910年的伦敦其实不算太糟。他们可以在这里生活，安定下来，组建家庭，可以……

一阵风吹乱了他的头发,他眨眨眼,转头见落叶在脚边飞旋,像被一根隐形的棍子搅动着。"等一下,"他说,"等一下!"

塔迪斯引擎的轰鸣声突然响起,最后,随着咣当一声,蓝盒子在离他们几米远的地方出现了。艾米赶紧从罗瑞的怀里挣脱出来,把他推开。

"博士?博士?"她连声喊道。罗瑞从她的话音中听到了希望。

可是,那里没有答复传来。

她跑向塔迪斯,推开门。"罗瑞!快来!"她喊了一句,随即消失在塔迪斯里。罗瑞紧随其后,跑了过去。

塔迪斯内部成了一片废墟。地上到处散落着那艘时间飞船的残片。罗瑞好不容易才跨过门口各种不规则的金属碎片和随处拖曳的电线。飞船船体上的一块弧形碎片,像是大型金属野兽胸腔的一部分,就那样落在中心控制台上。细碎的金属片、散落的电线和残缺的电路板到处都是,周围一片狼藉。

似乎那艘残破的时间飞船不知怎的竟然从内爆中心给抢救了回来。

博士和安吉克里斯特躺在一片狼藉的地上,昏迷不醒。

艾米跑到博士身边,罗瑞也去察看安吉克里斯特的伤势,他屈膝跪地,探了探对方的脉搏,检查了一番基本情况。"他还有呼吸！"他对艾米说。

艾米将腿枕在博士头下，轻轻搂住他。他形容憔悴，面色惨白，头发乱糟糟的，脸上还带着蜂暴吸食精神时留下的几道血痕。他的夹克被撕破，衬衫敞开，领结也歪着。

"他还活着吗？"罗瑞急切地问，但他并不确定自己是否想听到答案。

"我觉得他还活着。"艾米说，"我觉得他还活着！"她把博士的头发从他脸上拨开，"博士？该醒了，博士！"那语气像是在说"我已经忍不下去了"。

罗瑞确认安吉克里斯特的平安后，穿过那团乱七八糟的东西走过去。他低头看了看博士，后者躺在艾米怀里，看上去平静安详。"博士？"罗瑞轻声喊道。

博士突然睁开眼。他看到罗瑞时一阵惊讶，然后直挺挺地坐起来，艾米差点来不及躲闪。他有些吃惊地环顾四周，发现自己已经在塔迪斯里，周围一片狼藉。

他说："对，没错，塔迪斯。"但他脸上的表情出卖了他此刻的迷惑。他看看艾米，又看看罗瑞。"没错，我们检查一下。腿、手、头、指头、耳朵。太好了！你俩没有缺胳膊少腿。"他又皱了皱眉，"但是，艾米，认真的吗？你浑身都是泥。看看你的膝盖那里。"

艾米翻了个白眼，哼了一声，那声音有些像哽咽，也有些像笑声。她搂住博士的脖子,在他脸上重重地亲了一下。

罗瑞看着二人咧嘴笑笑,博士尴尬地拍了拍艾米的背,站起来说:"嗯,好了,还有正事,蜂暴都走了吗?"

罗瑞点头确认,"是的,走了。都没了。计划成功。"

"成功了!"博士重复一遍,似乎这结果让他很是惊喜。他亲热地捶了一下罗瑞的胳膊,"太好了!做得不错。最好还是扫描确认一下,确保裂缝已经合上。然后我们再考虑怎么把这里收拾干净。"他停下来看了看杂乱的周围,最后,他的目光停留在安吉克里斯特那里,后者正躺在一堆残破的线缆上。"哦,天啊。"他说。

博士奔向老人,抬起他的头,"帮我把他搬到外面。"

罗瑞与博士将教授抬到外面的阳光下,轻轻把他放在汽车旁边的花坛上。

"稍等一会儿,"博士说,"他会没事的。新鲜空气对他大有好处。"他退后几步,掸了掸身上的尘土,仿佛这样能让他身上破破烂烂的夹克看起来好一点。

"那博士……你是怎么……"艾米看着塔迪斯问。

"哦,"博士回答,"对,那个啊。很简单,真的。我提前设定塔迪斯追踪我的精神信号,一旦发生内爆,它会及时把我救出来,避免我和蜂暴一起被吸进裂缝。"

"但这是怎么做到的呢?"罗瑞问,"我记得你说过,不能冒险把塔迪斯牵扯进内爆。"

博士狡黠一笑，"蜂巢无所不知。蜂巢无所不晓。"他模仿蜂暴的腔调说道，"罗瑞，蜂巢思想听得到我们的话，它进入了塔迪斯的心灵感应电路。要是它提前知道我的计划，一定会想办法阻止它起飞。"

"所以你只是虚张声势？"罗瑞问。

博士笑了，"虚张声势？你说我吗？"这时，秋海棠花丛中传来安吉克里斯特微微动弹的声音，博士循声低头看去，"啊，教授。你醒啦！"

安吉克里斯特慢慢睁开眼，抬头看到面前站着三个人，似乎有点惊讶。"博士？"他说，"你还活着。"

"嗯，"博士笑着说，"你也活着。"

安吉克里斯特坐起来，拍了拍自己的胸脯，像是不敢相信博士的话。他边掸着身上的灰尘，边高兴地说："是的，看来我还活着。"

罗瑞弯腰把教授扶了起来。

"结束了吗？"安吉克里斯特盯着墙上那个大洞问，"我有错过什么吗？它们走了？"

"嗯，结束了。"博士说。他把手放在侧翻的汽车的轮子上，有些难过地拍了拍，"但是，只怕你得搭车回家了。"

安吉克里斯特笑笑，"实际上，博士，我在想，在回那栋沉闷的老房子前,你能迁就一个老头,帮个忙吗?"

博士露出一个柴郡猫般的笑容,"尽管提。"他说。

"我非常想去看看星星,就这一次。看看星星真实的样子,从天上看。"他看了看天空,"你觉得这能实现吗?"

"教授,我觉得,只要用心,一切都能实现。"他伸手揽住教授的肩膀,带他走向塔迪斯,"但是首先,里面还有一堆破铜烂铁要收拾。我知道该去哪儿。只有一小段路程……"二人消失在塔迪斯里,博士的话音也渐渐听不见了。

艾米开心地笑着,跟在他们后面跳进了飞船。

罗瑞在花园里站了一会儿,目光从教授汽车的残骸移向时间飞船在墙上留下的大洞。他难以置信地摇摇头。即使是现在,在和博士一起经历了那么多之后,他还是会时不时地掐自己一下,告诉自己这一切都是真的。和博士度过的每一天都是一场疯狂的冒险,要么是惊心动魄的经历,要么去窥视遥远的未来,要么见识羊毛做的外星人、外星来的吸血鬼[1],或是即将爆炸的核弹[2]。

而他,罗瑞·威廉姆斯,一名来自利德沃斯的普通护士,不仅娶到了梦中女孩,这个女孩还带他开启了精彩纷呈的一生。他热爱这一生的每一分钟。

他笑着追上众人。

---

1. 详见新版《神秘博士》剧集第五季第六集《威尼斯吸血鬼》。
2. 出自《神秘博士》小说《核子时代》。

15

【2789年6月10日，伦敦】

安吉克里斯特站在塔迪斯打开的门边，紧握着木门框，惊奇地凝视着远处壮丽的景象。对他来说，这可能是第一次正确地认知宇宙，见识到宇宙的浩渺和壮丽。他一直想知道宇宙到底是什么样的，但哪怕他最不着边际的想象，也与其真实的样子相差甚远。它如此绚丽，如此生动，如此鲜活，令他目不暇接。他凝望着太空深处，看到数百万颗闪闪发光的星星，在黑色的天幕下，如同撒在毯子上的钻石般耀眼。他看到远处旋转的星云，看到巨型气态行星绕着恒星缓慢旋转，仿佛庄严的舞蹈。

"那些世界都……太耀眼了。"他感慨道。

在这之后，安吉克里斯特眼中的事物都将变得不同。那些琐碎的烦恼、对未来的恐惧、落后于人的担忧，所有这些在面对宇宙的宏伟时都变得不值一提。博士为他展现了如此奇观，也彻底改变了他的人生。

眼泪在他眼眶中打转,但他忍住了。现在不是流泪的时候。眼泪太煞风景了。

"这么多年了,博士,我为英国工作了这么多年,保护它不受外星物种的侵扰。这件事看起来很重要,很宏大。可我从来没有想到,宇宙竟如此之大,无边无际。"

博士只穿着衬衣和背带裤,靠在门框的另一侧,面带微笑,"是啊,我们的宇宙是个神奇的地方,里面总是有怪物和疯子、恐怖和战争,但也不乏这样的壮美。宇宙总是能找到平衡。"

安吉克里斯特激动得几乎说不出话来,"谢谢你,博士。谢谢。你让一个老头子重获新生了。"

"不,我不敢居功。这完全是你自己做到的。"

安吉克里斯特回过头,继续看着外面。

"阿尔文应该也会爱上这里的景色吧。"过了一会儿,罗瑞有点伤感地说道。安吉克里斯特也为失去了人造人而感到一阵难过。

"对了!阿尔文!"博士跑向控制台,输入坐标,"我们还有一个约定呢!"

"约定?"艾米问道,"什么约定?"

"二十八世纪的约定。"博士一边绕着控制台打转,一边按下几个按钮。他打了个响指,塔迪斯就关上了门。"抱歉教授,"他说,"得去别的地方见个人。"

安吉克里斯特离开门走到护栏旁，仍然沉浸在刚刚的恢宏景象中。

中央立柱呼呼作响，几分钟后，随着发动机呼哧呼哧的抖动，塔迪斯停了下来。

"现在，听好了。"博士朝艾米晃晃手指，"这件事很重要——不要乱跑，走在一起。我们绝对不能被人看到。"

艾米单手叉腰，不解地皱眉问道："博士，你准备做什么？"

"兑现给一个朋友的承诺。"他招手示意他们走到门口，"准备好哦，教授。"说着，他们走了出去，走向外面明媚的阳光。

他们站在河边，俯瞰着延展开去的城市。古朴的建筑中坐落着巨大的玻璃圆顶。金属和玻璃制成的高塔直入云霄，在阳光照射下闪闪发光。河道中人声嘈杂，外观奇特的小船沿河道来来往往，船过之处留下白色的水花；小型轻舟、造型优美的大邮轮、游艇、渡轮络绎不绝。安吉克里斯特惊讶地看着眼前的景象，问道："这里……这里是伦敦？"

博士笑而不语。

"我从未见过这样的景象。"安吉克里斯特继续道。

艾米倚着博士，向河对岸张望，"这里看起来很眼熟。"

"等一下……"罗瑞说，"看，我们在那儿！"

"嘘！"博士责备道，"罗瑞，小点声！我说过了，不能让他们发现我们，这很重要。"他一手按在罗瑞头上，一手按在艾米头上，把他们两个推到后面，确保他们都蹲在栏杆后，不会被人看到。

安吉克里斯特疑惑地看着那三人——另一组博士、艾米和罗瑞——在离这里不足五十米的地方，有说有笑地走在河岸上。他们朝一群人走过去，那群人穿的大概是潜水服吧，安吉克里斯特如此猜测。他们好像正要从河里捞出什么东西来。

"看起来好像别有一番趣味！"那边的博士高喊道。安吉克里斯特身边的这个博士则尴尬到无地自容。

"我说起话来是那样的吗？"他问艾米。

"是啊，"艾米开怀大笑，"这百分百是你的声音。"

"我当时就觉得有人在看我。"罗瑞说，"我就说嘛！"

"博士，这是怎么回事？"安吉克里斯特有些紧张地问道，"那些人是谁？"

博士回答说："那就是我们，四天前的我们，那会儿我们刚到伦敦。"

"这怎么可能呢？怎么可能有两个你同时出现在一个地方？"

"我还以为我们绝不能进入自己的时间线呢。"艾米也调皮地说。

"行了,这也问,那也问,"博士挥挥手,"老这么多问题。"

罗瑞靠着栏杆,饶有兴致地看着河岸上的动静。"我们还没搞明白最初是什么把我们带到这儿的。"他看着另一个自己问道,"塔迪斯为什么会把我们带到这里呢?正好是这个时间、这个地点。"

"哦,不是,那是我做的,罗瑞。"博士说。

"什么意思?怎么会是你?"

"在教授家的时候,阿尔文还没被蜂暴带走,也就是它去帮我们扫清障碍之前,我做了一点小小的……改动。在它身上做了一点点改进。我调整了它的能量信号,这样,当人们把它从水里拖出来的时候,塔迪斯就会锁定它。"

"就像求救信号一样。"艾米说。

"即使这样也说不通啊。"罗瑞说,"不是先有因后有果吗?塔迪斯收到求救信号在前,而你见到阿尔文在后。"

"嗯,前因后果?"博士笑道,"还记得关于汤面的比喻吗?"他十指交叉,比画着说明这一点。

"你还做了点儿别的,是吗?"艾米问,"我是说——在阿尔文身上。这才是我们来这儿的原因。"

博士冲艾米神秘一笑。他指着河边的那些人说:"啊,快看,我们要走了。"那边的艾米已经挽起罗瑞的胳膊,拽着他沿河岸走了。

"很高兴告诉您,市资源保护局对您的工作非常满意。请继续工作吧。"那边的博士对那位衣着正式的女士说。说罢,博士就朝塔迪斯飞奔而去,只留那位女士满脸困惑地看着他。

"好了。"博士从栏杆后走出来,"我们走吧。"他领着其他人走向河边。安吉克里斯特还在努力适应眼前这一切,他跟在其他人后面慢慢走着,沉浸于充满未来感的城市景观中。他过去生活的那座城市,现在已变得如此陌生。

"您好!"博士一行走近那位穿蓝色正装的女士,跟她打招呼道,"帕特里夏,对吧?"她转头看到博士,更疑惑了,"你刚刚不是往那边走了吗?"

"嗯,是的,算是吧。"博士说,"说来话长。"他紧张地调整了一下领结,"哎呀,暂且不提了。"

"你看起来也有点不一样了。"那位女士并没有理他,继续追问道,"你换了件夹克吗?"

博士露出一个迷人的笑容,"是啊。人们总说:'改变和休息一样有益。'它们都能让人心情愉悦。很高兴再见到你。是这样的,我忘了一件事。事关那个人工智能,非常重要。"

"哦,是吗?"她率先问道,"这对市资源保护局很重要?"

"正是。"博士打了个响指。

"您请便吧。"她叹了口气，走到一边让博士通过。

她身后那些人正用托板抬着什么东西。安吉克里斯特猜，那大概就是他们刚刚从河里拖出来的东西。

"抱歉，小伙子们。我不会占用你们太多时间的。"说着，博士走近托板。安吉克里斯特饶有兴致地看着博士。那群人将托板放在地上，嘟囔着抗议了几句。博士装作没听见，没有理会。

托板上放着一大堆生锈的金属，看起来像一台在多年前被扔进水里的复杂机器。安吉克里斯特完全想不出它原来是什么东西，也不知道博士找它做什么。

"哦，阿尔文。"艾米悲伤地看着它。

"阿尔文？"安吉克里斯特惊叫一声，惹得刚刚抬托板的五个人都抬起头来，看看到底发生了什么。安吉克里斯特并没有在意。他又仔细看了看，这才意识到托板上放着的真的是人造人的残骸。它已经严重腐朽，到处是坑洞和伤痕，大部分橡胶表皮早已脱落。它失去了一条胳膊，左腿也残缺不全。

安吉克里斯特难以置信地问："阿尔文，这真的是它吗？这就是它后来的遭遇？蜂暴走后它成了这样？"

罗瑞点点头，"只怕是这样，教授。它们在千年之前把阿尔文扔进了河里。"

"啊，但是……"博士开口道。安吉克里斯特抬头见博士用音速起子在阿尔文的胸部打开了一块小面板。"我刚才说，我做了点小改动……"他把手指伸进去，龇牙咧嘴半天，掏出一个拇指大小的小金属罐。它以三根短电线与人工智能内部的工作装置相连，博士把它拽出来，高举到亮光下，眯起一只眼睛看了看。"或许，这个小东西里包含了救活它需要的所有东西。"博士说完，面露胜利之色，看了一眼罗瑞。

艾米问："那是什么？"

"记忆备份，"博士回答，"辅助存储器。我复制了阿尔文的意识，将它存在这个小小的存储元件里。它还有剩余的能量。运气好的话，也能在泰晤士河里保存千年。"

"也就是说，你能救活它？"罗瑞瞬间看到了希望。

"没错，就是这个意思。"博士回答，"只要去一趟巴特西区的维利尔斯人造生命实验室，应该可以把这个帅小伙的记忆上传到一具崭新的身体里。"他低头看了一眼托架上锈迹斑斑的残骸，低声感慨："这漫长的归途啊！"

"你真是个了不起的人，博士！"安吉克里斯特热情地说。

"哦，这我就不知道了。"博士咧嘴笑道，"不过，如果不藏几个小花招，我这魔术师岂不一无是处？"他把存储元件装进口袋，一手拉着安吉克里斯特的胳膊，走向塔迪斯，"现在，教授，我觉得该送你回家了。"

安吉克里斯特叹了口气。是啊，该回家了。但这一次，回家的念头让他幸福满满，全然不似往常的难耐。"你说得对，博士。而且，我觉得我还得回去收拾收拾。"

他们离人工智能的残骸越来越远，只留依然困惑不解的帕特里夏·扬待在原地，她盯着他们，迷惑地摇摇头。罗瑞放慢步子，问道："那阿尔文呢？"

"哦，罗瑞，它已经等了一千年了。"博士说，"对它来说，这时候再多等几个小时也没什么区别。"

罗瑞点点头，走在后面，等艾米跟上来。博士在夹克口袋里寻找塔迪斯的钥匙，安吉克里斯特则回头看着他们。这对幸福美满的夫妇能够陪伴博士经历种种疯狂的冒险，而他不认为自己始终跟得上他们。至少，老这样拼命奔跑就不行。

他看见罗瑞牵起艾米的手问她："你准备好了吗？"

她只是回答："我爱你，罗瑞·威廉姆斯。"她的眼中闪过一丝淘气的光芒。

"就当这是肯定的回答吧。"罗瑞说完，二人和安吉克里斯特一起，跟着博士走进了那个神奇的蓝盒子。

尾 声

【1921年10月23日，伦敦】

安吉克里斯特喝光最后一滴茶，伸手将空茶盏放在桌上翻开的那本《世界之战》[1]旁。他度过了一个轻松惬意的下午，在椅子上打了个盹儿，翻阅威尔斯先生的这本小说。二十年前，他在查令十字街的一家书店见作者介绍了这本书，它从此就成了他最爱的作品之一。小说中讲述的故事和安吉克里斯特亲身经历的外星人入侵故事并不相同，但他觉得，作为一部科幻作品，其目的是启发思维、娱乐大众，在这一方面，它很成功。他出神地想着，博士会如何评价这本书呢？

他颇有一段时间没有想起那个奇怪的人和他神奇的蓝盒子了。他们在切尼路的河边相遇，蜂暴袭击伦敦又毁了他家，这些已经是十多年前的事情了。这期间发生了很多事情。比如，战争

---

1. 英国作家赫伯特·乔治·威尔斯的小说。

爆发又结束了。周围的世界一直在改变。

岁月流逝,安吉克里斯特的生活过得很充实,他卷入过诡计,也在苏格兰场需要特殊专家协助时施以援手。他重建了自己的实验室,尽情投身自己热爱的发明。

这些年来,他偶尔会听到关于博士的事。有些甚至是很多年前的事情。第一次世界大战爆发前,他花时间翻看过政府档案,在大量晦涩难懂的报告中,有些提到过博士——要么是脚注中隐晦地提及,要么是字里行间潦草的注释。似乎在过去一百年间发生的很多重要事件中,博士都穿插其间。

慢慢地,安吉克里斯特教授对博士有了大致的了解。博士有时会变成不同的样子,和不同的人结伴旅行。不过,就这一点,他找到的描述并不详细。有时候博士是一个又高又瘦的长发男人,穿着礼服[1];有时候他露出两排白牙,满头卷发,肩上搭着一条超长的羊毛围巾[2];有时候他穿黑色皮衣,说话带北方口音[3];还有的时候,他会穿着像夸张的舞台剧演出服那样花花绿绿的外套[4]。无论外表如何,他总是乘一个蓝盒子四处旅行,从天而降,帮助人类度过危机。

当然,还有他遇见的博士,安吉克里斯特的博士——那个穿

---

1. 指第八任博士。
2. 指第四任博士。
3. 指第九任博士。
4. 指第六任博士。

粗花呢夹克、打领结、戴背带的男人，那个机缘巧合出现在此，跌跌撞撞，在拯救世界时脚下绊跤的笨手笨脚的男人。安吉克里斯特没有提交关于那次事件的报告，他不知道有多少人也做过同样的事，也不知道博士到底插手过多少次地球事务拯救地球，又在夜深人静时悄悄离开，不留一丝来过的痕迹。

安吉克里斯特叹了口气，伸手拿过他的书，心想再看一章就去厨房做晚饭。

他刚刚坐回椅子上，外面就有人大声敲门。安吉克里斯特懊恼地发起牢骚。他不想起身，门外的人会离开的。他很累，只想看会儿书。那些人不知道现在几点了吗？他翻到要看的那一页，刚看完第一行，敲门声又响了，这次更加坚定，没有打算离开的意思。

安吉克里斯特骂了一句，没好气地把书扔在椅子扶手上，站起身来。"好了，好了，"他无可奈何地冲门外喊道，"来了！"

他在过道上听到门外有人在急切地低声说话。希望这些人不是来兜售东西的。

他走到门口，滑下链锁，拉开门。他怒目而视，希望自己此刻的目光咄咄逼人。但等他看到门口三张熟悉的脸正冲自己微笑时，惊讶得眼睛都瞪圆了。

"你好啊，教授！"博士一边打招呼，一边拉过安吉克里斯特的手,用力上下摇了摇,"抱歉打扰啦。我这边出了一点小问题。好像几周前我有东西落在你这儿了。就是一把扳手,音速扳手。我们和萨尔科维安[1]的军阀闹了点矛盾,那把扳手可能是关键……"他声音慢慢变小,脸上写满担忧,"啊,我又弄错时间了吗?我们还没有见过吗?"他往后退了几步,上下打量着安吉克里斯特。

安吉克里斯特直直地盯着博士,不知道该说什么。这么多年了,博士竟然一点儿都没变。

安吉克里斯特的嘴唇动了动,却一个字都说不出来。博士扬眉,鼓励地看着他。过了一会儿,他终于说出话来:"可是博士……已经过去十年了!"

"十年!"博士说,"哦,天啊……"

"他总是做出这种事。"艾米故意插了一句。

"看来,扳手没啥戏了。"博士叹道,"不过,事情可能还会更糟。不止几颗星球,整个银河旋臂里的星球都处于危险之中。另外,我们来这里还有一个原因,希望你不会介意——我带了一位朋友来。"博士示意他往左看,一个高大的身影从拐角处出现。对方至少有两米高,皮肤苍白,没有头发,裹着一件长长的冬衣。安吉克里斯特认出那张熟悉而平静的脸时,立马振奋起来。

1.《神秘博士》衍生宇宙中的一种外星生物。

"阿尔文！"安吉克里斯特高兴地喊道。

"你好，教授。"人造人打着招呼，又走近了些。安吉克里斯特看了看它的脸，那张之前严重受损的脸现在变得完美无瑕。"好久不见，很高兴再见到你。"

"看来你真的说到做到了，博士。你给它找了一副新身体。我就知道你可以。"

博士已是笑容满面。"不过，教授，问题是——阿尔文现在无处可去。它以前的雇主死了，而在那之后的至少一两个世纪内，人造人还没有获得自由。所以，我们就想……"博士看看艾米和罗瑞，又看了一眼安吉克里斯特，"……你，你一个人住在一栋大房子里，要是有人来陪陪你会怎么样？"他顿了顿，依然笑眯眯的，"所以，你觉得怎么样？"

"呃，我……"安吉克里斯特结巴一下，一时惊讶得说不出话。但他随后便笑逐颜开，看着阿尔文说："我很荣幸。"阿尔文也在傍晚微弱的光线下欣然一笑。

"很好。那就这么定了！"博士拍拍阿尔文的肩膀，"啊呀呀，"他忽然倾身往屋里看了看，"我闻到的是一壶新沏的茶的香味吗？"

安吉克里斯特有些好笑地摇摇头，走进门廊，让他们赶紧进来。"没错，博士。我觉得你还是快进来吧。只是，这次可别再毁了这个地方，我可花了好几年时间才修好它。"

"太好了！"博士说着跳上台阶，"你去拿茶杯，我来给你讲讲那些讨厌的萨尔科维安。"

安吉克里斯特看着博士、艾米、罗瑞和阿尔文陆续从寒冷的室外进来，一路说笑着走进客厅。他在门口站了一会儿，抬头看向空中闪烁的群星，笑容满面。

致 谢

特别感谢凯特和贾斯廷将故事的点点滴滴串联起来。也感谢我的朋友保罗、斯图尔特、马克和凯夫一直以来的友谊和支持。